Scripto

Melvin Burgess

Le visage de Sara

Traduit de l'anglais par Laetitia Devaux

Gallimard

Pour ma fille, Pearl

Titre original : *Sara's face*
Édition originale publiée en Grande-Bretagne
par Andersen Press Ltd

Introduction

Qui n'a pas entendu parler de Jonathon Heat et de Sara Carter ? Personne n'ignore leur histoire, qui a été publiée à la une de milliers de journaux, et ressassée dans d'innombrables articles, dépêches, émissions de radio ou de télé. Bien entendu, l'immense célébrité du chanteur justifie un tel intérêt médiatique. Quand Jonathon Heat possédait encore un visage, celui-ci était parmi les plus connus de la planète. Et pourtant, il a eu beau défrayer la chronique pendant des années, nous retenons surtout de lui le caractère abominable de son crime et sa terrible destinée.

Sara, c'est une tout autre histoire. Elle demeure un mystère, une personnalité sans explication. Son refus ou son incapacité à nous livrer sa version des faits a donné lieu à des spéculations sans fin. Ses espoirs, ses rêves et son rôle dans cette histoire demeurent obscurs. À quel point était-elle impliquée ? A-t-elle tout contrôlé de bout en bout, ou n'est-elle qu'une innocente victime de Heat et de son chirurgien, Wayland Kaye ? Ce livre est destiné à faire la lumière sur elle.

Moi qui suis habitué à recréer une réalité, il m'a été difficile d'enquêter sur la vérité, d'autant que Heat et Sara semblent avoir été des experts en dissimulation. Sans doute ne savaient-ils pas vraiment qui ils étaient et ce qu'ils voulaient. Heat est actuellement en prison, bien sûr. Le destin de Sara est plus secret. Suite à son absence au procès, les rumeurs sont allées bon train. On raconte qu'elle serait folle, ou bien morte, ou encore terriblement traumatisée par sa blessure, mais rien n'est certain. Moi, l'écrivain, je fais ici un travail de journaliste. Je me suis donné pour mission non de décrire des faits, mais de décortiquer le vécu et les motivations des protagonistes de cette histoire. Or, il n'y a rien de plus mystérieux que le contenu d'un cœur humain. J'ai fait de mon mieux pour comprendre au lieu de supposer, mais je suis surpris de voir à quel point j'ai appris peu de choses, malgré une enquête scrupuleuse. Chacun de nous a un souvenir différent d'un même événement, sans compter que certains ne veulent pas tout dire. J'ai fait en sorte de procéder à toutes les vérifications avant de me mettre à écrire. Et, par-dessus tout, j'ai tenté d'être fidèle à Sara.

J'ai réussi à interroger la majorité des personnes présentes lors des tragiques événements du Cheshire en 2005, à l'exception des principaux protagonistes, évidemment. Pourtant, malgré ces multiples éclairages, la personnalité de Sara demeure floue. Elle a donné tant de versions différentes à tant de gens qu'il semble qu'elle ait tout fait pour cacher sa réalité au profit de la légende. Peut-être est-ce là sa véritable tragédie. Comme pour un héros ou un personnage mythique, nous oublions ce qu'elle a véritablement fait pour ne retenir que les aspects extraordinaires de son histoire, car ce sont eux qui nourrissent notre imagination. En ce sens, Sara a accompli son rêve : faire de la gloire un chef-d'œuvre.

J'ai heureusement eu accès à une pièce essentielle : le journal vidéo qu'elle a tenu pendant plusieurs années, y compris durant la période où elle résidait au manoir. Puisque c'est notre seul lien à elle, nous allons commencer par ça. Elle nous parle de Mark, son petit ami. L'enregistrement a eu lieu quelques jours avant son admission à l'hôpital où elle a rencontré Jonathon Heat.

Sara, 2 avril 2005

Sara est assise dans un fauteuil, elle ne regarde pas la caméra, un peu comme si elle parlait à un interlocuteur. Pourtant, nous n'entendons que sa voix. En réalité, elle mime une interview télévisée. Elle jette de temps en temps un coup d'œil à l'objectif puis vérifie son apparence, sans doute dans un moniteur. À certains moments, elle oublie tout ça et semble parler toute seule.

Cette fausse interview lui permet de préciser ses pensées et ses sentiments.

C'est faux. Je l'aimais, je l'aimais vraiment. Je l'aime encore. Mais dans un couple, ça doit fonctionner. On peut s'aimer et ne pas être compatibles, j'ai dû accepter cette idée. C'est une leçon difficile. On croit toujours qu'il suffit de s'aimer. Mais Mark et moi, on était trop différents. Ça ne pouvait pas coller entre nous.

Elle s'interrompt, comme si on lui posait une question.

Peut-être qu'on donnait l'impression de bien s'entendre, mais on était aux antipodes. Par exemple, Mark pense que seuls les gens qui réfléchissent peuvent s'en sortir. Comme si c'étaient eux, les élus. *(Rires.)* Comme si réfléchir, ça faisait tout. Mark, il pense que tout ce qu'on décide doit être réfléchi, alors que moi, je veux que mes actes soient surprenants. J'aimerais que tout soit toujours un peu bancal.

En fait, je crois que je lui faisais peur. Il me disait toujours : « Tu vas te faire du mal », mais c'est lui qui avait peur d'avoir mal. Il parlait toujours comme s'il pouvait anticiper l'avenir. Comme s'il pouvait tout décider. Mais ce n'est pas nous qui décidons de l'avenir ! C'est l'avenir qui décide pour nous. Il n'y a que les prophètes qui connaissent l'avenir. Et ils ne réfléchissent pas, ils ignorent ce qui va se passer, ils ne savent strictement rien, mais ils voient des fantômes et tout ça. Moi, par exemple. Je vous raconterai peut-être ça un jour. Mark, lui, veut être sûr qu'il a assez de slips pour traverser la vie. Moi, si ça se trouve, je ne porterai même pas de culotte ! C'est tout moi, ça. Vous croyez que je sais tout mais, en fait, je ne sais rien. Je ne sais pas qui je suis. Je ne sais même pas ce que je suis. C'est comme ça que je peux prédire l'avenir. C'est ma manière à moi de réfléchir !

Elle rit à ces mots, comme s'ils avaient été prononcés par quelqu'un d'autre. Elle se penche vers le moniteur hors champ et s'arrange les cheveux, puis se redresse avec un soupir.

Garde ton enveloppe charnelle, mon gars! Moi, je suis un esprit!

Cela dit, tout ce qui concernait l'enveloppe charnelle, c'était génial avec lui. Des fois, je n'en peux plus tellement j'ai envie de lui. C'est ça qui me manque le plus. Notre intimité. Mark, c'est quelqu'un dont on peut se sentir extrêmement proche.

Sara baisse les yeux et triture sa jupe en fronçant les sourcils, comme si elle se demandait où elle était.

On se trouvait sur son canapé. On venait juste de le faire. On appelait ça « jouer aux abeilles ». Je n'avais que ma jupe, il avait remonté mon T-shirt et il se prosternait devant mes nichons. Il me faisait le coup de l'adoration des nichons.

– Ils sont si mignons. On dirait deux chiots. Des chiots avec des petites truffes roses toutes chaudes.

Il n'arrêtait pas de souffler dessus, et ça me donnait la chair de poule.

– Eh bien, profites-en, parce que tu ne les verras plus très longtemps, je lui ai dit.

– Qu'est-ce que ça signifie ? Tu ne vas pas te les faire couper, quand même ? *(Rires.)*

Mark me fait rire, je lui pardonnerais n'importe quoi tellement il me fait rire. Ça aussi, ça me manque. Un garçon, il doit me faire rire.

– J'ai commencé à mettre de l'argent de côté, je lui ai annoncé.

Il savait ce que ça signifiait. Je ne plaisantais pas. Mais c'était mon petit ami, alors il fallait que je lui dise. Ça le concernait aussi. Il aurait dû comprendre, mais ça, c'est trop demander à quelqu'un qui ne sait que réfléchir.

J'ai senti qu'on allait s'engueuler.

Vous devriez me remercier d'être habillée, tellement c'est horrible en dessous. Bourré de cellulite. Affreux. Et, quand je suis allongée, mon sein glisse presque sous mon bras. Vous imaginez ce que ça donne en photo ?

– Il y a du Scotch pour seins, il m'a dit.

Du Scotch pour seins ! Mais moi, je veux que ça ait l'air naturel ! N'importe qui peut utiliser du Scotch. Et puis, il y en a un plus gros que l'autre et, quand je suis debout, ils regardent chacun dans une direction opposée... De toute façon, ils sont trop petits et pas de la bonne forme. Je veux des nouveaux seins. Un nouveau corps. Quand je fais un régime, je grossis. Rien que respirer, ça me fait grossir. Je transforme l'air en graisse. C'est un vrai don, chez moi.

Elle rit de ce qu'elle dit.

Vous auriez vu sa tête ! On aurait dit que je lui piquais son jouet préféré.

– Tu n'as pas le droit de faire ça ! Ils sont à moi !

Je lui ai rétorqué :

– Je te les prête, mon gars, c'est tout, n'oublie pas ça.

Il a dit qu'ils étaient adorables, mais c'était juste par gentillesse.

– Comment ils pourraient être mieux ? il a insisté.

Mais le truc, c'est qu'il n'y a pas que mes seins qui pourraient être mieux. Il y a plein d'autres choses, c'est ça le problème.

Jusque-là, notre scène, c'était drôle mais, ensuite, il s'est vraiment énervé.

– Tu sais comment ça se passe, ces opérations ? il m'a lancé. Ils découpent le mamelon et ils l'étirent sur un bâton ! Ils mettent ton mamelon sur un bâton pendant qu'ils glissent des sacs dans tes seins. C'est de la torture ! Et ensuite, tu perds toute sensation. Parce qu'ils ont été obligés de sectionner des nerfs, et ça, ça ne repousse jamais. Le sexe, ça ne sera plus jamais pareil.

– Je m'en fous. Pour devenir une œuvre d'art, il faut souffrir. Ça fait partie du *deal*.

Il m'énervait, à me parler de sang, de bistouri et tout ça. Je n'avais pas envie d'entendre ça.

On se disputait beaucoup, pour tout. Au début, c'était comme un jeu. On essayait de convaincre l'autre que c'était lui le plus bizarre. Mais au final, ça donnait toujours l'impression que j'étais vraiment bizarre, et que lui, il faisait juste semblant. Comme si pour lui, ce n'était pas qu'un jeu. Il dit qu'il m'aime. Mais moi, je n'ai pas de place pour ça. J'ai dix-sept ans. Je m'entraîne, c'est tout. L'amour, c'est quoi ? Moi, je suis dingue, c'est tout. La passion ! Il pense que ça a un sens pour moi. Moi, je n'y comprends rien.

On s'est vraiment engueulés, ce jour-là. J'avais envie de discuter de l'opération avec lui, parce que je voulais qu'il participe, vous comprenez ? Quand votre petite amie veut se faire refaire les nichons, elle a envie de savoir comment vous les imaginez. Je lui offrais la chance de me dessiner des seins parfaits, et je me faisais engueuler ! Qu'est-ce qu'il s'imaginait ? C'est qui le plus bizarre dans l'histoire ? Lui, il n'est même pas capable de faire la différence entre du foie gras et du pâté. Je lui offre un ticket pour le paradis, et il me rétorque que je ne peux pas faire ce qui me plaît de mes seins !

Elle attrape sa poitrine à deux mains, l'air indigné.

Mes propres seins ! J'en avais marre. Fini, le prêt. Je lui ai dit de faire ses valises et de se tirer. J'étais vraiment malheureuse, mais quel autre choix j'avais ? Je suis capable d'endurer la souffrance. Lui aussi, il avait le cœur brisé. En tout cas, c'est ce qu'il a dit. Laisse-moi encore une chance, juste une semaine, je plaisantais, il m'a suppliée. Mais ça avait trop duré. Chaque fois que je lui parlais de mes ambitions, il se montrait jaloux, et il essayait de me raisonner. Quelqu'un comme moi ne supporte pas qu'on lui fasse ingurgiter la raison de force.

Il me manque. Il me manque vraiment. Mais, franchement, je lui ai laissé sa chance. Il m'a suppliée de lui laisser une semaine, juste une semaine pour une dernière tentative. J'ai accepté, et devinez quoi ? Il a disparu. J'accepte, et il me quitte ! C'est quoi ce plan ?

Elle ravale ses larmes et prend un air furieux.

Comme si c'était lui qui décidait de tout ! Le salaud. J'imagine qu'il attend que je fasse le premier pas. Il est peut-être malheureux, mais qu'il aille se faire foutre. Il m'a humiliée. On ne m'a jamais traitée comme ça. Je ne pourrai jamais l'accepter.

J'ai écrit une chanson sur lui, je vais vous la chanter. Sur la saloperie qu'il m'a faite. Comme ça, tout le monde saura.

Elle attrape une guitare derrière sa chaise et se met à chanter.

Mark Gleeson est une grosse merde,
Mark Gleeson est une grosse merde,
Mark Gleeson est une grosse merde, qu'il aille se faire foutre.
Son numéro, c'est le 0161 352 7980.
Appelez-le pour lui dire qu'il est une merde.
Il m'a brisé le cœur,
Il m'a brisé le cœur et il m'a fait pleurer.

Larmes.

Mais c'est pas grave. *(Elle ravale ses larmes.)* Je vais devenir célèbre. C'est sûr. Inutile de vouloir me faire changer d'avis. De l'art sur pattes, tu parles, disait Mark, mais c'est pas du tout ça. On me dit que je suis très bien comme ça, alors qu'il y a tellement de filles plus jolies que moi, plus sexy que moi, plus... C'est pas ça le problème. De nos jours, n'importe qui peut être beau. Le talent, ça n'est pas le problème non plus. N'importe qui peut avoir du talent. Il suffit de s'exercer, de travailler sa voix. De toute façon, si elle est pas bonne, ils la rectifient en studio. Il y a plein de gens talentueux sur terre. Le talent, c'est banal.

Des fois, dans la rue, les gens vous reconnaissent et se disent : « Tiens, elle est plus petite dans la vraie vie » parce que, en fait, vous ne vivez pas une vraie vie. Les gens vous abordent dans la rue ou dans le bus parce qu'ils croient vous connaître, alors qu'ils ne vous ont jamais rencontrée, comme si vous aviez un secret qu'ils veulent savoir, mais ils n'osent jamais demander. C'est comme si vous étiez une bénédiction pour eux. Il y a quelque chose en vous qui leur donne envie de se dépasser. Voilà, c'est ça. C'est ça que je veux faire.

Il y a des gens qui veulent devenir célèbres pour que tout le monde les reconnaisse dans la rue. Ceux-là n'ont rien compris. La question, ce n'est pas de savoir qui vous reconnaît, ou qui vous êtes. La question, c'est de faire faire davantage. Ce n'est pas ce que vous faites, c'est ce que vous faites faire aux autres. Je suis célèbre, même quand personne ne me regarde. Je suis célèbre même avant d'être célèbre. Je veux que lorsque les gens me regardent, ils pensent des choses qu'ils n'ont jamais pensées. Qu'ils pensent des choses qu'ils ne se croyaient même pas capables de penser. C'est ça, l'art. Peut-être qu'il n'y a rien à comprendre, mais c'est fascinant. Aux confins de notre esprit, on a des pensées qui rôdent comme des bêtes sauvages, des sentiments qu'on n'avait jamais ressentis. On ne les comprend pas, on ne sait pas si ce sont des monstres ou des anges, et on a peur de les regarder en face parce qu'ils risqueraient de changer notre vie. Rien que ça ! Ouais, c'est tout moi, ça.

Mark disait que j'étais un être en devenir, mais non, je suis devenue. C'est là toute la différence.

Je sais, je suis prétentieuse. Mais ce que je dis est vrai. C'est un don que j'ai. Et lui, il pourrait être ici avec moi. Mais non, il est tout seul dans son coin.

Elle regarde la caméra d'un air effaré. Puis elle se voit et lève une main devant l'objectif.

Coupez.

Elle chasse une larme et éteint la caméra.

Hallucinations

Apparemment, jusqu'en cinquième, Sara a été très populaire parmi ses camarades, puis son aura a diminué. Certains la trouvaient trop excentrique, d'autres trop affectée. En tout cas, pour la plupart, elle faisait preuve d'un caractère trop affirmé. Mais ses proches l'aimaient sincèrement, et elle le leur rendait bien. Même quand son ascension a commencé, elle n'a jamais oublié qui étaient ses amis, et l'importance qu'elle accordait à leur affection.

Sara et Janet s'étaient connues en sixième et elles étaient aussitôt devenues amies intimes. Pendant deux ans, elles avaient tout fait ensemble : couru dans les couloirs, raconté les mêmes blagues, lu les mêmes livres, parfois porté les mêmes vêtements. On aurait juré qu'elles étaient jumelles. Pourtant, Janet savait déjà que Sara était différente. Quand, en quatrième, Sara changea, Janet ne fut pas surprise.

En quelques mois, Sara prit plus de trente centimètres. Son corps, qui avait jusque-là tenu la puberté à distance, s'épanouit. Après une brève poussée d'acné, sa peau devint parfaite. Elle avait un grain si fin qu'on ne distinguait pas ses pores à l'œil nu. C'était, parmi d'autres choses, son teint qui avait attiré l'attention de Jonathon Heat. La star avait en effet toujours déploré les pores trop larges de son propre visage.

Dans le même temps, Sara développa un parfum bien à elle.

– Un jour, j'ai senti ça, dit Janet, et je lui ai demandé quel parfum elle mettait.

– Tu le sens, toi aussi ? elle a lancé. Le truc, c'est que je ne mets rien. Je n'ai même pas pris de douche ce matin !

Étonnées par cette farce de la nature, elles s'étaient toutes deux enfermées dans les toilettes pour sentir l'odeur sur les bras, les jambes, le dos et les épaules de Sara afin de vérifier qu'elle était identique partout. Pas de doute, Sara sentait l'amande salée et le musc.

– Elle n'avait pas besoin de mettre de déodorant après une douche, dit Janet en secouant la tête de stupéfaction. Je n'avais jamais vu ça. Elle sécrétait son propre parfum ! Elle disait que ça l'agaçait mais, en fait, elle en était très fière. Si elle l'avait mis en bouteille, elle aurait pu faire fortune.

À cause de sa grande taille et de sa silhouette, Sara attira tout à coup une foule de garçons, ce qu'elle supporta avec une tolérance mitigée. Elle les maintenait toujours à distance. Plus tard, quand son visage fit le tour du monde, les journaux racontèrent qu'elle avait couché avec bon nombre de ces garçons. Janet a toujours déclaré que c'était faux.

– Elle n'était pas du tout comme ça. En fait, elle disait qu'elle resterait la dernière vierge sur terre. Elle était la seule de nous à ne pas être encore passée à l'acte. Mais j'imagine que ça lui plaisait, ces ragots. Elle aimait que les gens pensent ça d'elle. J'ai dû lui promettre de n'avouer à personne qu'elle était vierge. En fait, elle voulait attendre de faire ça avec quelqu'un de très spécial, tellement elle était fière. « Si ça se savait, ça serait mauvais pour mon image », elle disait.

En fait, Sara est restée vierge jusqu'à sa rencontre avec Mark, peu avant son dix-septième anniversaire et, pour ce que Janet en savait, elle n'a jamais couché avec quelqu'un d'autre.

Quand la tension sexuelle devint trop forte, Sara y mit fin d'une manière que la plupart de ses camarades désapprouva. Voici l'histoire.

Depuis l'école primaire, les élèves jouaient à s'attraper. Rien que de très classique : les garçons courent après les filles et les tripotent un peu. Ce jeu s'était arrêté au collège, où les élèves se connaissaient moins bien, mais un petit groupe de garçons et de filles l'avait repris en cinquième. Ils étaient cinq à bien s'entendre, ils se fréquentaient aussi en dehors des cours. Les trois garçons sautaient sur les filles, les attiraient dans un vestiaire et passaient les mains sous leurs vêtements pendant qu'elles se débattaient en riant.

Les filles aimaient ça autant que les garçons. Mais entre le jeu et le harcèlement, entre le harcèlement et l'agression sexuelle, la frontière est parfois mince. Ce n'était désormais plus seulement un jeu. À une ou deux reprises, les garçons avaient essayé d'aller un peu plus loin, sans que cela porte à conséquence. Leur erreur fut de s'en prendre à Sara.

Elle connaissait vaguement l'un des garçons. Sara était hautement désirable, et les garçons avaient une certaine curiosité sexuelle. Un jour, alors qu'ils passaient près des vestiaires, ils l'attrapèrent, la poussèrent à l'intérieur et se mirent à la tripoter.

Janet était dans le coin. Elle entendit les rires des garçons et les hurlements de rage de Sara. Son cœur se mit à battre la chamade. Les garçons y allaient un peu fort, mais elle savait que Sara n'était pas en danger. Il ne fallait pas exagérer, ce n'était pas un viol.

– Ils n'auraient pas dû faire ça, dit la fille avec qui discutait Janet, qui se souvient avoir pensé la même chose.

Cela dura quelques secondes. Les garçons partirent en gloussant, et Sara apparut derrière eux en défroissant son chemisier. Puis elle sortit son portable et composa un numéro. En regardant droit devant elle.

– Allô, la police ?

Le silence s'abattit dans le couloir qui, jusque-là, résonnait de conversations.

– Je m'appelle Sara Carter. Je viens d'être agressée par trois garçons dans les vestiaires du collège de Stanford. Ils sont encore ici. Je suis avec des amies, donc je ne crains plus rien. Elles sont témoins de la scène. Merci d'envoyer une voiture au plus vite.

Elle raccrocha et composa un autre numéro.

– Mais c'était pour rire ! protesta quelqu'un.

– Tu ne peux pas faire un truc pareil, lança un autre.

– Elle n'a pas vraiment appelé la police, dit un troisième.

Sara ne répondit pas.

– Allô ? Est-ce que je peux avoir le bureau des dépêches ? Je m'appelle Sara Carter et je viens d'être agressée au collège de Stanford. Par trois garçons. La police arrive. Oui, je n'ai que treize ans.

Tout le monde était ahuri.

– C'est n'importe quoi, dit Barry.

– Eh, c'était un jeu !

Puis Sara appela le principal. Il était en réunion, elle tomba donc sur sa secrétaire.

– Dites-lui de se bouger jusqu'aux vestiaires des garçons près du bâtiment des maths. C'est Sara Carter, et je viens d'être agressée par des élèves de ce collège. La police et la presse sont en route.

Elle raccrocha et leva la tête vers les garçons.

– Regardez-moi bien, dit-elle.

Elle crispa le visage et fondit en larmes.

– Mon Dieu, fit Barry Jones.

Quand le principal surgit dans le couloir accompagné de ses collaborateurs avec la discrétion d'une horde de rhinocéros, les élèves surent qu'elle n'avait pas menti.

– C'est eux, accusa Sara. Ils m'ont presque violée.

C'était faux.

– Ils m'ont fait des attouchements, précisa Sara.

C'était vrai.

Puis elle éclata en sanglots. Par-dessus les cris, on entendit la voiture de police.

L'enfer avait commencé. La presse, la police, tous les ingrédients étaient réunis. Le drame se joua en public, comme tant d'épisodes à venir de la vie de Sara. Les garçons furent emmenés sous les flashs des photographes. Le principal accorda une interview pendant que les policiers roulaient des mécaniques devant les caméras. Le scénario était parfait. Sara passa aux informations le soir et le lendemain, et elle apparut dans tous les journaux. « Un gang d'adolescents tente de violer une fille de treize ans dans les vestiaires d'un collège ». Que demander de mieux ?

Suite à cette histoire, deux clans se formèrent au collège. La moitié des élèves pensait que les garçons avaient quasiment violé Sara et que, par conséquent, ils l'avaient bien cherché. L'autre moitié considérait que Sara avait abusé de la situation. Il y avait des journalistes partout. À les croire, ce collège était un lieu de perdition sexuelle, des actes de ce genre, voire pire, s'y produisaient depuis fort longtemps, et on laissait faire. Voilà de quelle manière la presse peut transformer un incident en vérité universelle.

Peu à peu, cependant, l'hystérie s'apaisa et un consensus émergea. Les garçons étaient immatures, certes, ils avaient besoin d'une bonne leçon, mais pas d'un procès non plus. La pression sur Sara s'accentua. Plusieurs élèves tentèrent de lui faire retirer sa plainte, notamment Teresa Dickinson, une amie des garçons.

– Ils faisaient juste les imbéciles, tu le sais, plaida-t-elle.

– J'ai transformé des violeurs potentiels en honnêtes citoyens, voilà tout ce que je sais, répliqua Sara. On n'a pas le droit de me toucher sans ma permission. Dis ça à tes amis. Et dis-leur que j'ai d'autres tours en réserve.

Elle retira cependant sa plainte. On parla un temps d'exclusion pour les garçons, qui s'en tirèrent avec un renvoi temporaire. Comme l'avait promis Sara, ils ne recommencèrent pas. Ni personne, d'ailleurs. Car il y avait réellement un problème au collège. Rien d'aussi grave que ce que la presse prétendait, mais il y existait une forme de harcèlement. Les grands faisaient pression sur les petits, les forts sur les faibles, les durs sur les mous, et ce depuis fort longtemps. La direction avait toujours fait la sourde oreille. Certains membres de l'encadrement étaient même impliqués. Mais là, tous les regards braqués sur elle, ses erreurs rapportées par une presse peu méfiante, la direction passa à l'action. Elle n'avait pas le choix. Peut-être que Sara avait été dure, il n'empêche qu'elle avait mis fin à beaucoup de larmes et de craintes.

Ça, c'était tout elle. Elle partait bille en tête, sans se soucier des conséquences.

À mesure que Sara grandissait, ses ambitions devinrent de plus en plus extraordinaires. Janet voulait la gloire, mais pas autant que Sara. Pourtant, elles eurent beau emprunter des chemins différents, elles ne se séparèrent jamais. Elles s'aimèrent toujours comme deux sœurs.

Sara prenait des cours de théâtre depuis des années mais, à douze ans, elle savait déjà qu'elle deviendrait célèbre par elle-même, et non grâce à un quelconque talent. Comprendre qui elle était devint pour elle essentiel. Petite, Sara avait toujours aimé jouer des rôles et se déguiser. À l'adolescence, elle intégra ces rôles à sa vie, au point qu'il fut difficile de distinguer la réalité de la fiction.

Par exemple, les accents. Tout à coup, Sara se mettait à parler avec un accent. Un matin, elle arrivait avec l'accent irlandais ou japonais, et ça durait une semaine. Elle incarnait des personnages qui avaient souvent des goûts très différents des siens. Janet se souvient que certains aimaient des choses que Sara détestait, par exemple la daube, les miettes de *fish and chips* ou les T-shirts longs.

Janet trouvait ça déconcertant. Parfois, elle n'appréciait pas la nouvelle personnalité de Sara, mais le plus souvent, elle en tombait aussitôt amoureuse. Puis, un beau matin, le personnage disparaissait, laissant Janet décontenancée.

Pendant un temps, Sara incarna une Philippine. Elle s'appelait Maria et elle avait vingt ans. Elle s'était inscrite dans son pays dans une agence matrimoniale pour trouver un mari européen, et ses parents avaient choisi pour elle un homme âgé qui l'avait fait venir en Angleterre. Elle devait gagner sa vie et envoyer de l'argent à sa famille, mais elle voulait aussi étudier. Comme son mari occupait un poste important dans l'administration, elle avait été pistonnée. C'est pour ça que, sur son passeport anglais, elle n'avait que seize ans, si bien qu'elle avait droit à l'école gratuite, ce qui n'aurait pas été le cas pour une Philippine de vingt ans. Maria devait donc à tout prix se faire passer pour une Anglaise. Elle avait fait jurer le secret à Janet. Elle était prête à tout pour étudier et subvenir aux besoins de sa famille. Elle disait que son mari était bizarre, et elle évoquait à mots couverts des exigences sexuelles tordues. Elle déclara à Janet et ses amies qu'il ne fallait jamais épouser un vieux, parce qu'ils étaient tous pervers. Les filles pensaient surtout que Maria était naïve, que son mari ne lui demandait que des choses très normales, mais elles n'osaient pas poser de questions.

Maria vécut trois semaines, puis disparut, comme tant d'autres avant elle. Janet était mortifiée. Elle jura que pendant sa période Maria, Sara ressemblait vraiment à une Philippine.

– Je vous jure, elle avait des yeux de Philippine. Elle m'a vraiment manqué. Je n'en revenais pas d'être aussi triste. J'ai demandé à Sara de faire revenir Maria pour que je puisse lui dire au revoir. Je ne supportais pas l'idée qu'elle s'en aille comme ça. On a même imaginé un épilogue où elle quittait son mari et tombait amoureuse d'un adorable Philippin qui la respectait et l'emmenait vivre aux États-Unis.

Tout en endossant ces diverses identités, à quatorze ans, Sara se mit à avoir des hallucinations. Elle voyait des fantômes, elle entendait des voix. Elle en parlait peu, même à Janet, et cette dernière ne savait pas à quel point c'était réel. Sara affirma un jour qu'elle avait vu Maria en train de faire ses bagages dans sa propre chambre.

– C'est terrifiant ! s'exclama Janet. Que vos propres créations viennent hanter votre chambre comme des fantômes !

On doit maintenant donner sur Sara quelques détails importants pour la suite de l'histoire. Pour commencer, sa prétendue anorexie. Le mot est couramment employé de nos jours, où l'on confond minceur et beauté. Sara n'avait jamais été vraiment maigre, ni en danger de se laisser mourir de faim, mais elle s'astreignait sans cesse à un régime qu'elle n'arrivait pas à suivre. Elle se trouvait grosse et moche. Un seul coup d'œil à une photo nous prouve combien c'était faux.

Autre chose : Sara était sujette à avoir des accidents. Cela étonnait toujours son entourage, car c'était une fille gracieuse et d'une grande précision dans ses gestes. On la comparait souvent à une danseuse. Pourtant, il lui arrivait toutes sortes d'accidents. Elle s'était plusieurs fois brûlée avec un liquide bouillant. À dix-sept ans, elle s'était déjà cassé quatre fois les bras et les jambes, toujours dans l'escalier. La veille d'un spectacle de danse, elle avait reçu une brique sur le pied, et elle avait passé les deux mois suivants avec un plâtre et des béquilles.

Ces accidents avaient fini par devenir suspects. On a pensé que Sara les provoquait volontairement. En clair, qu'elle s'automutilait. Elle a toujours rejeté cette accusation, mais on sait aussi que ses affirmations n'avaient que peu de valeur.

C'est l'un de ces accidents, juste après sa rupture avec Mark, qui l'a conduite à l'hôpital où elle a rencontré Jonathon Heat.

Courte biographie de Jonathon Heat

Jonathon Heat a de multiples raisons d'être célèbre. Déjà, en tant que rock star, il a été honoré de plusieurs disques de platine. Il a aussi été un artiste novateur, un collectionneur d'art, un généreux donateur, un caméléon, une *fashion victim* et, bien sûr, un abominable criminel, un monstre des temps modernes. Suite à d'innombrables opérations chirurgicales, il a adopté plusieurs apparences, certaines magnifiques, d'autres étranges, à tel point que son physique a pris un caractère bestial. Pourtant, aucune image n'est aussi frappante que les photos prises en prison par ses codétenus qui lui ont arraché son masque. On y voit une tête de mort au sourire narquois, les os à vif: le terrible spectacle d'un homme sans visage.

Le succès phénoménal de ses premiers tubes, *The Heat is On, Burning Heat, Endure the Heat,* a été suivi d'un long silence, et l'on a pensé que sa carrière était terminée. Heat aurait pu rester un homme ayant connu une gloire éphémère. Mais, un an plus tard, il réapparut avec une musique et un look totalement différents. Il avait troqué son jean et son T-shirt de *boys band* contre un costume noir moulant et un lacet en guise de cravate. Son visage rond et mélancolique aux yeux bleus avait pris une forme allongée grâce à un nez busqué et une barbe noire. Le plus étonnant, c'étaient ses jambes et son derrière un peu lourds, qui avaient cédé la place à des tibias effilés comme un rasoir. Il avait adopté un style de danse électrique, et on l'aurait cru en caoutchouc. Sa capacité à se réinventer ne se limitait pas à son style vestimentaire, mais allait jusqu'à son apparence physique. Elle ne se limitait pas à ses chansons, mais allait jusqu'à sa voix. Elle ne se limitait pas à sa gestuelle, mais allait jusqu'à la forme de son corps.

Ces changements n'avaient rien de superficiel. En changeant d'image, Heat avait changé d'existence. Au fil des années, il étendit les transformations à son style de vie, à ses relations, et même à sa sexualité, à tel point que le changement devint sa marque de fabrique. Son nouveau style eut encore plus de succès que le précédent puis, à nouveau, les gens se désintéressèrent de lui. Ses premiers fans préféraient la musique de ses débuts, et ses métamorphoses intriguaient de moins en moins. Des genres plus novateurs et des personnages plus jeunes lui succédèrent. Heat avait été aussi connu que Jésus-Christ mais, à l'âge de trente et un ans, il était considéré comme un *has been*.

Il se passionna pour autre chose. Sa collection d'art, ses expériences cinématographiques et graphiques, ses œuvres de bienfaisance, en Angleterre et à l'étranger. Pendant quelques années, il cessa de chanter. Pour autant, il n'avait pas renoncé à la chirurgie, qui restait la pierre angulaire de ses transformations. Il se faisait régulièrement opérer dans une clinique londonienne, et semblait satisfait des services qu'elle offrait. Il s'était fait refaire le nez et le menton, les joues et le front, lisser les rides et enlever de la graisse. Rien que de très classique.

Un hiver, Heat devait avoir un peu plus de trente ans, le personnel de la clinique fut décimé par une épidémie de grippe, et la direction fit momentanément appel aux services d'un chirurgien controversé, le docteur Wayland Kaye.

Des années plus tôt, Kaye avait été une star dans le domaine des interventions esthétiques. Ce pionnier avait mené des recherches sur la transplantation de tissus en provenance de rhésus sanguins différents, voire d'espèces différentes. Il avait été financé par diverses fondations, mais ses théories se révélant de plus en plus extravagantes, et ses exigences de plus en plus fantasques, la manne financière avait fini par se tarir. Kaye vécut cela comme une trahison. Il y eut de vifs échanges de propos, parfois en public. Au fil du temps, Kaye tenta des expériences de plus en plus poussées sans prendre la peine de s'appuyer sur la moindre recherche, et ce au mépris de toute législation. Il subit plusieurs attaques en justice, mais rien ne put être prouvé. Néanmoins, son talent restait indiscutable, ce qui explique qu'au bout d'un laps de temps raisonnable, certaines cliniques aient fait appel à lui en cas de nécessité.

Kaye ne se contentait pas d'appliquer de simples techniques chirurgicales, il travaillait sur l'idée de sculpter la chair. Il utilisait aussi des produits pour activer la cicatrisation, effacer les cicatrices et même pousser le corps à prendre une forme bien précise. Il utilisait de la peau artificielle, voire de la peau issue d'autres espèces. En réalité, il était tout simplement en quête du Saint-Graal de la chirurgie esthétique : la greffe de visage. Kaye avait pour ambition d'être le premier homme à réaliser cette opération avec succès.

Dès qu'ils se rencontrèrent, Heat et Kaye se plurent. Ils étaient complémentaires. Heat avait beaucoup d'argent, une fascination pour l'apparence et le désir de faire des expériences, tandis que Kaye possédait son talent de chirurgien esthétique et une certaine vision de l'avenir.

En 1998, Kaye ouvrit une clinique financée par Heat, lequel devint le sujet – certains diraient la victime – des nouvelles expériences de Kaye. On doit bien le reconnaître, les premières opérations furent un succès. Kaye effaça sur Heat les traces d'opérations antérieures : il fit disparaître des cicatrices, corrigea un manque de tonicité musculaire ainsi que les effets de l'âge. Quelques mois plus tard, Heat semblait avoir rajeuni de vingt ans. Le problème n'était pas tant que son visage semble lifté, c'est qu'il était en décalage avec son corps.

Heat relança sa carrière artistique. Il avait des projets plus fous que jamais.

À mesure que sa confiance en Kaye grandissait, grandissaient également ses ambitions. Il était persuadé que Kaye serait à l'origine d'une révolution de la chirurgie esthétique. Que bientôt, on dessinerait des visages aussi facilement que des vêtements, et que l'on rectifierait n'importe quelle erreur de la nature. Kaye encourageait Heat dans cette croyance. En 2000, Heat fit construire un bloc opératoire dans le sous-sol de son manoir du Cheshire, et ils commencèrent ensemble une série d'expérimentations étonnantes qui eurent des retentissements dans le monde entier.

La présentation des nouvelles techniques de Kaye coïncida avec la sortie du nouvel album de Heat en 2001, *The Mark of Beast*, où Heat apparut avec une truffe de chien, des poils et des crocs. Tout le monde se souvient de la scène où, en pleine émission télévisée, le présentateur se jeta sur Heat pour lui arracher son masque, en vain : ce n'était pas un trucage. Heat mordit la main du présentateur, à croire qu'il s'était réellement transformé en chien. Le claquement de ses crocs fit le tour du monde.

Heat fit longtemps circuler la rumeur que sa tête de chien était réelle. Ce n'est pas tout à fait ça, même si la réalité est déjà extraordinaire. Les poils de chien sur ses tempes et son menton étaient réellement greffés. La truffe était vraie, mais elle n'était pas rattachée au visage de Heat : Kaye avait prélevé une truffe qu'il avait maintenue en vie grâce à un apport artificiel de sang avant de la plaquer sur la figure de Heat. Personne ne voyait la bouche de la star sous la truffe, les crocs et les babines de chien. L'ensemble était accroché à l'arrière de sa tête, ce que, à l'époque, tout le monde ignorait. Vêtu d'un costume noir à veste croisée, avec sa chemise grise et un gros nœud de cravate, Heat avait l'air bestial. Les femmes le trouvaient séduisant, les hommes s'efforçaient de l'imiter.

Heat savourait sa gloire. Les ventes de ses disques s'envolèrent.

Il y eut de nouveaux changements dans les années qui suivirent : Heat apparut en chat, puis en démon avec des cornes et une langue fourchue. Personne ne savait exactement quelle part relevait du déguisement, et quelle part venait de la chirurgie. Kaye allait de plus en plus loin. Donner l'apparence de la jeunesse, de la beauté ou même de la normalité n'était plus son but.

Et pourtant… Dès 2002, on crut comprendre qu'il y avait des problèmes. La rumeur enfla en 2003. Heat coupa court aux critiques : il apparut avec un physique parfaitement conforme à l'homme de trente-neuf ans qu'il était, ayant juste subi quelques opérations de chirurgie esthétique. On crut presque qu'il était devenu possible, grâce aux techniques de Kaye, de prendre n'importe quelle apparence sans conséquences.

Heat sortit son nouvel album intitulé *As I am* et entama une tournée. Quand il apparut pour la première fois à la télévision, on remarquait bien que sa peau avait un aspect étrange. Des photos prises au cours de la tournée montrent un visage en pleine décomposition. À New York, il apparut avec une couche de maquillage aussi épaisse que du plâtre. À Moscou, quand ses cheveux glissèrent, on comprit qu'il avait une perruque. À Sydney, il portait une moitié de masque. À Hong Kong, un masque entier. À cette époque, son visage n'existait déjà plus. Il dut annuler sa tournée avant d'atteindre l'Europe.

Sous son masque, c'était un cauchemar. Sa peau pelait, ses vaisseaux sanguins étaient asséchés, son système nerveux détraqué. La chair avait commencé à pourrir, à repousser de façon aléatoire ou à saigner sans raison. Ses muscles se détachaient des os et des cartilages. Il n'était plus qu'un « bout de viande avariée », commenta un ancien membre de son personnel. Du tissu cicatriciel se forma subitement et, en quelques mois, Heat ressemblait davantage à Elephant Man qu'à une star internationale.

On a récemment découvert des photos qui illustrent la désintégration progressive du visage de Heat. Elles témoignent d'une science qui a perdu contact avec la réalité. Les conséquences sur Heat, cet homme connu pour sa beauté, cet homme qui avait consacré toute sa vie à son apparence, furent terribles. Il plongea dans une profonde dépression et devint suicidaire. À quatre reprises au moins, il tenta de mettre fin à ses jours. Il se mit à être hargneux. On peut penser que s'il n'avait pas eu cette immense fortune et le pouvoir qui va de pair, il aurait depuis longtemps été interné. Mais une fois de plus, il se rétablit. Cette fois, pas sans séquelles. Certes, Heat avait souvent voulu changer d'apparence, mais il n'avait pas souhaité ce genre de changement.

Les expériences de Kaye avaient fini par mal tourner, ce que ses détracteurs craignaient depuis toujours. Mais Heat ne savait vers qui d'autre se tourner. Il se raccrocha à l'espoir que le vieil homme – à l'époque, Kaye avait déjà plus de quatre-vingts ans – accomplisse un nouveau miracle. Heat lui donna de l'argent pour tenter des expériences sur de la peau et de la chair, des transplantations de têtes de chien, de cochon et de singe d'un animal à l'autre, et même, dit-on, d'une espèce à une autre. Les rumeurs allèrent bon train. C'était une situation tout aussi grotesque que monstrueuse. Heat avait poussé la beauté si loin qu'il l'avait transformée en laideur. Pendant ce temps, le vieux chirurgien découpait la chair de créatures et sacrifiait des vies au sous-sol du manoir avec l'espoir de reconstituer ce qu'il avait brisé. L'ambition et la foi avaient mené les deux hommes beaucoup trop loin. Ils ne renonceraient jamais à la première et n'avaient plus qu'à se raccrocher à la seconde.

Kaye croyait toujours en ses chances de réussite. Il cultivait des cellules afin de fabriquer un visage pour son protégé. Pendant quelques années, il fut en contact avec des hôpitaux du monde entier, car il nourrissait toujours son ambition de réaliser la première greffe de visage. Mais trouver un donneur compatible avec Heat n'était pas aisé.

Le monde entier était persuadé que la fabuleuse carrière de Heat touchait cette fois vraiment à sa fin.

Mais il faut reconnaître à l'homme une capacité inouïe à renaître de ses cendres. Car Heat réapparut alors dans l'un de ses styles les plus réussis.

Il avait plus de quarante ans lorsqu'il entama la célèbre tournée *Night of the Mask*, où chaque spectateur se voyait offrir un masque en entrant dans la salle de concert. Heat décrivit le spectacle de soixante mille masques identiques comme une vision terrifiante, mais fascinante. Les caméras se promenaient sur le public de façon à ce que chacun puisse se voir. Et Heat déclarait tout à coup: « C'est vous l'artiste, et moi le public. »

Ses fans avaient depuis longtemps pris l'habitude de copier ses tenues. Le lendemain d'un concert, les journaux publiaient des photos de personnes habillées comme l'homme sur scène: mêmes pantalon noir moulant et veste courte, même T-shirt avec rayures diagonales rouges et blanches et même masque. Pour un soir, chacun pouvait s'imaginer être Heat.

Ses disques se vendaient de mieux en mieux. On voyait le masque partout. Bien sûr, à l'époque, on ignorait dans quel état se trouvait le visage de Heat. Les masques s'écoulaient dans le monde entier à des prix très divers. Ils étaient volontairement dénués de toute expression et, comme le suggéra un journal, donnaient une allure de mort vivant. Rien qu'avec les masques, Heat a sans doute gagné plusieurs millions de livres.

Au début de la tournée, le lendemain d'un concert donné à Manchester, la ville natale de Heat, une adolescente regardait avec émerveillement les photos du public masqué. Ce que Sara trouvait le plus incroyable dans l'histoire, c'est que les masques lui ressemblaient. Un moment, elle crut même que Heat s'était inspiré de son visage. Mais quand elle découvrit les photos de la star dans sa jeunesse, Sara comprit qu'il avait créé le modèle du masque à partir d'une version idéalisée de lui-même. En fait, Heat et Sara se ressemblaient tellement qu'ils auraient pu passer pour des jumeaux.

Le jour même, Sara acheta un masque et se mit à le porter tout le temps ou presque. De blonde, elle devint brune, et se fit faire des boucles comme Heat. Elle portait les mêmes vêtements que lui, elle imitait sa démarche et son accent: comme des millions de filles et de garçons, elle voulut devenir Jonathon Heat. Mais, comme toutes les modes, la mode du masque prit fin. Les ventes déclinèrent. Le nouvel album de Heat, *Who we is*, se vendit mal. Pour la quatrième ou cinquième fois de sa carrière, Heat était fini. Sauf pour Sara, dont la fascination ne faisait que commencer.

Au fil des années, Sara avait eu diverses « crises », comme le disait sa mère. Certaines banales – des colères, des bris d'objets –, rien d'extraordinaire pour une adolescente. Mais certains détails laissent supposer que, chez Sara, la notion d'identité n'était pas très affirmée. À l'époque, ses comportements semblaient bizarres, mais ils n'étaient pas assez caractérisés pour qu'on pense à une maladie mentale. Il s'agissait essentiellement de traits de personnalité exagérés. Son emploi des accents, par exemple. Son goût pour les masques, aussi.

Sara avait toujours adoré les masques. Quand elle en trouvait un nouveau, elle le portait pendant des jours. Petite, elle avait eu un masque de sorcière, un masque de fantôme et un de Tony Blair, qu'elle avait gardé un jour ou deux, même la nuit, ainsi que plusieurs masques d'animaux. Quand elle avait été en âge de se maquiller, elle s'était mise à abuser des fards, quand bien même la mode allait vers le naturel. Avant l'apparition du masque de Heat, Sara dessinait déjà des autoportraits qui ne lui ressemblaient pas du tout. Elle les copiait à l'infini pendant plusieurs mois, puis changeait de modèle du jour au lendemain. Elle fit ceci sur de nombreux masques.

Jessica, sa mère, ne s'inquiéta pas outre mesure de cet intérêt. Sara portait son masque dehors, pas chez elle. Elle le mettait parfois quand elle recevait une amie mais, le plus souvent, l'amie aussi était masquée. C'était étrange, mais guère plus étrange aux yeux de Jessica que le comportement de la majorité des filles de son âge. Guère plus étrange qu'elle-même dans son adolescence.

À l'école, ce fut une tout autre histoire. Dans un premier temps, les masques de Heat avaient été tolérés pendant les pauses mais, bientôt, la mode dépassa le clan des fans de Heat. On soupçonna certains élèves de commettre des délits en toute impunité. Quelques histoires furent évoquées dans les journaux. La mode du masque recouvert d'une capuche se répandit. Pour finir, les masques furent interdits.

Quelques élèves tentèrent de protester, mais renoncèrent rapidement, sauf Sara qui était tout simplement incapable d'accepter cette nouvelle règle.

Cette fois, ses professeurs s'inquiétèrent. Ce n'était pas le genre de Sara de se montrer rebelle. Son professeur d'arts plastiques déclara qu'elle n'avait pas reconnu la jeune fille quand elle avait tenté de la convaincre de retirer son masque : « Elle a tout simplement refusé. Quand j'ai insisté, elle a piqué une crise. Sara était pourtant gentille. Souvent très excitée, mais gaie, réfléchie et ayant l'envie de bien faire. »

Elle adorait tout ce qui touchait à l'imaginaire, elle pouvait se passionner pour un travail, et elle avait de bonnes relations avec ses professeurs. Mais, tout à coup, elle devint si violente que le professeur dut la faire sortir dans le couloir pour la calmer.

« En vain, dit-elle. Pour finir, elle est partie en claquant la porte. Je n'avais d'autre choix que de rapporter l'incident à la direction. »

L'affaire alla de mal en pis. Sara resta campée sur ses positions. Pour la première fois de sa vie, elle sécha les cours. Elle tenta de se glisser dans l'enceinte de l'école à visage découvert, puis de mettre le masque et de se cacher derrière son bras pendant les cours. De toute évidence, elle avait envie de venir à l'école, mais elle ne supportait plus de montrer son visage. C'est à ce moment-là qu'elle se mit à porter le masque chez elle. Plus personne ne pouvait voir son visage. Elle le portait au lit, pour regarder la télévision ou pour lire. Elle le portait même pendant les repas, se débrouillant pour glisser la nourriture pardessous. C'est aussi à cette époque que sa mère l'entendit hurler dans sa chambre. Quand elle arriva en courant, Sara était seule, et elle prétendit que le bruit venait de la radio, mais Jessica ne fut pas dupe. Sa fille hurlait face au miroir.

« La fois suivante, je suis montée sur la pointe des pieds. Sara hurlait : "Qui est cette fille ? Qui c'est ? Virez-la !" Elle hurlait devant son propre reflet ! J'ai senti mes cheveux se dresser sur ma tête. »

Jessica prit rendez-vous pour sa fille chez un psychiatre. Sara venait d'avoir quinze ans. Désormais incapable d'aller en cours, elle passait la plus grande partie de sa journée chez elle avec son masque pendant que sa mère allait travailler. C'est à cette période que la plupart de ses accidents se produisirent. Pourtant, peu à peu, la situation s'améliora. Quelques mois plus tard, Sara retournait à l'école, même si elle y travaillait fort peu et dérangeait la classe. Elle avait raté une bonne partie de l'année et n'avait de toute évidence aucune intention de rattraper son retard. Elle déclara à l'un de ses profs : « Le seul papier qui m'intéresse, c'est un contrat avec une maison de disques. » Dès qu'elle quitta l'école, elle trouva un boulot à mi-temps et passa, selon ses dires, le reste du temps à s'exercer à la danse et au chant. Mais, d'après sa mère, elle passait surtout le plus clair de son temps au lit. Quand elle rencontra Mark, un an et demi après avoir quitté l'école, elle ne portait presque plus son masque.

J'ai déjà évoqué les accidents de Sara. Elle en a eu plusieurs au fil des années. À douze ans, elle s'était brûlée avec du thé. Il y eut un pic pendant la période où elle était masquée, puis les accidents se firent plus rares dans sa seizième année. Quand elle eut dix-sept ans, comme les masques, ils semblaient appartenir au passé. C'est alors que survint le plus étrange de tous.

Sara repassait du linge lorsqu'elle se prit les pieds dans le fil électrique. Elle trébucha et tomba sur la planche à repasser, qui se brisa sous son poids. Elle avait les bras et les jambes coincés, si bien qu'elle ne put se protéger le visage. Elle se cogna la tête contre la bibliothèque et perdit connaissance. Sa joue gauche atterrit sur le fer brûlant.

Combien de temps elle resta la joue collée au fer, personne ne le sait, puisque Sara était seule dans la pièce. En tout cas, le fer imprima un triangle rouge entre sa mâchoire et son front. Sara se réveilla avec une odeur de chair brûlée dans les narines. Quand elle l'entendit crier, sa mère accourut du rez-de-chaussée et la trouva devant le miroir, le fer dans une main, la planche brisée par terre, au milieu des vêtements éparpillés.

– Ce n'est pas grave, s'exclama Sara alors que sa mère se précipitait sur elle. Je me ferai arranger ça en même temps que le nez.

Comme l'admettait Sara, la thèse de l'accident était à peine crédible. En tout cas, ni sa mère ni son psy ne crurent au hasard, malgré l'insistance de Sara.

Au vu de la profondeur de la brûlure, les médecins calculèrent que son visage avait dû rester au moins cinq secondes contre le fer. Un traitement et des crèmes pourraient atténuer la cicatrice mais, sans chirurgie, Sara resterait marquée à jamais.

Après l'accident, elle passa quelques jours à l'hôpital en observation. Était-ce pour surveiller sa brûlure ou de peur qu'elle se mutile davantage ? Les lois sur la vie privée interdisent de répondre à cette question. En tout cas, à l'hôpital de Manchester, et ce malgré les objections du personnel soignant, Sara remit son masque de Heat. C'est là que Jonathon Heat entra dans sa vie. Pour Sara, le rêve devenait réalité. Nos rêves se réalisent rarement. Pour le plus grand malheur de Sara, elle fut exaucée.

Sara, 7 avril 2005

Sara est dans les toilettes, sans doute à l'hôpital. Elle a disposé sa caméra face au siège où elle est assise. Elle parle tout bas, d'un ton très excité. Elle porte un masque qui descend jusqu'à sa bouche. C'est un masque de Jonathon Heat. Ses yeux scintillent comme deux diamants.

Imaginez, vous êtes sur votre lit d'hôpital, l'infirmière vous annonce que vous avez de la visite, vous demandez qui c'est, et elle vous répond... Jonathon Heat. Vous imaginez ça? Hallucinant. J'ai crié: « Quoi? » Pourtant, je savais qu'il faisait ça, rendre visite à des gens malades. C'est son œuvre de bienfaisance à lui. Mais qu'il vienne me voir, moi! Les autres ont cru que l'infirmière se foutait de nous, mais moi, j'ai tout de suite senti que c'était vrai. Je l'ai senti entre mes côtes. Les prémonitions, c'est à cet endroit que ça fait mal. C'est comme un fantôme. Tout à coup, les idées vous traversent la tête. Quelques minutes avant, je me disais que j'avais vraiment tout gâché, que ça serait génial qu'une méga star super riche vienne me rendre visite. Et voilà que ça arrive. Il fallait bien que ça arrive à quelqu'un. Alors pourquoi pas à moi ?

Mon premier vœu venait de se réaliser...

Je suis dingue excitée. C'était comme avoir... une bonne fée. Ce type, c'est un génie. Les gens aussi riches et célèbres que lui sont tous des génies. Il y a de la magie en eux. Mais cette fois, j'avais peur, parce que cette histoire, ça relevait vraiment de la magie. Or, je sais que mes rêves et mes ambitions ne se réaliseront que par magie. J'y crois. Mais j'avais peur d'avoir tout à coup le pouvoir d'exaucer mes vœux. Car j'avais peur d'avoir fait un mauvais vœu. C'est dingue, non ? Parce que des fois, vous savez, j'ai des mauvaises pensées. Des pensées qui peuvent faire mal. Si ça sortait, je serais capable de blesser des gens.

Pourtant, c'était la réalité. C'est la chance de ma vie. J'ai fait une bêtise, mais à toute chose malheur est bon. Même si on ne sait pas à quoi. C'était dingue. Je suis la personne la plus dingue sur cette planète, je vous le dis ! Il était gentil, tout le monde le disait. Alors voilà ce que j'allais faire. J'allais lui demander de réaliser mon rêve. Et ça s'est passé comme ça.

Quand il est entré, quand je l'ai vu, j'étais sous le choc. Je l'avais si souvent regardé à la télévision, c'était comme voir une apparition. Imaginez, être célèbre au point de ne pas exister en réalité. C'est comme devenir un personnage de fiction. Pourtant, ces gens-là sont aussi des êtres humains. C'est dingue. J'aime que les choses soient à la fois réelles et dingues. Ces gens-là, ils font aussi pipi et caca, ils toussent, ils aiment bien sentir l'odeur des fleurs et ils boivent du thé. C'est ça qui me fascine le plus – ce qui se passe en dehors des caméras. Bref, il est apparu. C'était une légende vivante. Il est passé entre les lits en jetant un coup d'œil aux malades, et il a dit quelques mots tout bas à l'un de ses assistants. Il avait l'air tellement irréel, comme sur un écran. Il a l'air tellement irréel dans la vie réelle ! C'est hallucinant. Il était déguisé, comme sur scène. Il portait un costume noir avec une sorte de froc, vous savez, comme une grande cape, et des bottes de cow-boy. On ne voyait pas son visage parce que, bien sûr, il portait un masque. Le célèbre masque de Jonathon Heat. Il ne le retire jamais. On ne voit que ses yeux et une partie de sa bouche. On dit que ses lèvres sont refaites. Pourtant, le masque était d'une qualité incroyable. Franchement, on aurait dit de la peau. Quand il s'est approché de moi, il m'a regardée dans les yeux, et c'était effrayant, parce que ce masque, on aurait dit de la vraie peau. Il y avait même un grain de beauté dessus. Et si... ?

Il a hoché la tête, il a dit quelques mots à des patients, mais je savais que c'était moi qu'il venait voir, parce qu'il n'arrêtait pas de me dévisager. Moi. Tout en parlant aux autres, il me regardait. Il m'a fait un clin d'œil. Vous imaginez ? Il était venu pour moi ! Il est allé de lit en lit avec l'infirmière, et il est enfin arrivé à ma hauteur.

– Voici Sara, a dit l'infirmière.

Jonathon m'a souri et a dit :

– Sara, je te connais.

J'ai porté une main à mon visage, car je pensais qu'il allait me parler de ma brûlure. J'avais mon masque. Mais il a secoué la tête.

– Non, non, je ne faisais pas allusion à ton visage. Je te connais.

Je me suis demandé s'il se moquait de moi, mais pas du tout. Je me suis dit : « Il le pense vraiment ? Ou il est juste bizarre ? » Parce que, franchement, quand on devient aussi célèbre que lui, on est forcément bizarre. Personne ne vous parle plus jamais comme à quelqu'un de normal. Peut-être que c'était juste de la flatterie. Vous savez comment on se comporte avec les gens malades : on leur dit qu'ils sont formidables, alors qu'en fait, on les trouve débiles.

Je suis une débile. Je suis une super débile. Je suis la fille la plus débile sur terre.

– Il y a aussi d'autres patients qui..., a avancé l'infirmière, mais Jonathon lui a souri en disant :

– J'aimerais bavarder un peu avec Sara, si possible. Je crois que cette jeune fille et moi avons beaucoup de choses en commun.

L'infirmière a acquiescé.

– Prévenez-moi quand vous aurez fini, elle a lâché, et elle est partie, comme si elle pensait que c'était un crime de vouloir me parler.

Je ne le quittais pas des yeux, j'essayais de me convaincre que tout ça était vrai, qu'il était juste un homme un peu plus célèbre qu'un autre. Vous imaginez, quand on devient aussi célèbre que lui, tout le monde pense à vous, vous aime, vous idolâtre. Vous devenez une sorte de dieu. Tout le monde vous aime au point qu'il vous suffit d'avoir envie de quelque chose pour qu'on vous l'offre. Vous imaginez ? Rien que ça, c'est comme une bénédiction. En tout cas, c'est l'impression qu'il me donnait. Il était à mon chevet, et j'avais l'impression d'être un paquet de ses bonbons préférés.

Ses assistants se sont écartés pour nous laisser tranquilles, et il s'est assis au bord de mon lit. Jonathon Heat assis près de moi ! Ma mère aurait donné n'importe quoi pour que ça lui arrive. Je me demandais s'il était juste gentil, s'il essayait de me draguer, ou s'il y avait vraiment quelque chose entre nous. Je me mordais l'intérieur des joues pour m'empêcher de sourire comme une débile.

– Tu portes l'un de mes masques, il a dit en fronçant un peu les sourcils. Mais une fille comme toi n'a pas besoin de se cacher le visage.

– J'aime le porter.

Mon sang s'est glacé parce qu'il allait vouloir voir mon visage, mais il y avait… cet accident. Je n'avais pas envie qu'il découvre ma brûlure. Je ne le dis pas à ma mère ou au psy, parce qu'ils ne comprennent rien, mais je suis fière de ma brûlure. Je n'ai pas envie d'être jolie. Je veux être bien plus que jolie!

Mais Jonathon ne savait pas encore ça de moi. J'ai rougi. Bien sûr qu'il était au courant, pour ma brûlure. L'infirmière lui avait tout raconté. Il allait penser que j'étais dingue. Mais il a changé de sujet.

– On m'a dit que tu étais une fille très douée.

– J'y travaille. Mais je ne vous arrive pas à la cheville, monsieur Heat, j'ai dit, même si je pensais que Jonathon Heat n'avait pas la plus belle voix du monde.

C'est surtout en célébrité qu'il était bon.

– Je sais que tu chantes, Sara. J'ai entendu dire que tu avais une voix formidable. Tu connais *Allie's Song*?

Je n'avais même pas besoin de parler. Il faisait les questions et les réponses!

– « Allie, sais-tu où est ton cœur ? » j'ai balbutié.

J'ai dû couiner, tellement j'avais la gorge serrée. Il m'a souri et on s'est mis à chanter ensemble en plein milieu de la chambrée.

Allie, sais-tu où est ton cœur?
Sais-tu seulement où est ta maison aujourd'hui?
As-tu renoncé à tout?
As-tu tout abandonné?
As-tu oublié ce que ça signifiait, toi et moi?
Reviens, reviens, mon amour,
Reviens-moi.
Mais je n'ai pas besoin de maison
Je veux juste boire ton amour,
Mais je n'ai pas besoin de cœur,
Je vais tout simplement dévorer ton cœur.

C'était magnifique. Vraiment. Nos voix s'accordaient parfaitement. Tout le monde, même les assistants, nous avait écoutés ; ensuite, ils ont applaudi. C'était comme dans un rêve, sauf que c'était la réalité.

– Sara, tu es vraiment très douée.

J'ai vu que certains assistants hochaient la tête pour signifier qu'ils étaient d'accord, donc c'était bien vrai.

– Tu veux devenir chanteuse ?

J'ai dû me contenter de hocher la tête, tellement j'étais ébahie. Tout ça était tellement incroyable !

– Tu iras loin avec une voix pareille, il m'a dit.

On a parlé pendant des heures. Ne me demandez pas de quoi, je n'en ai plus aucun souvenir. On m'a dit qu'il était resté très longtemps avec moi, mais j'avais perdu toute notion du temps. On a parlé de plein de choses. De nos familles, de sa carrière. Et pour finir, il a fait quelque chose de très spécial. De très personnel. Quelque chose que je ne dirai jamais à personne. Mais si, je le dis quand même. Parce que ce journal ne sera vu que par moi.

– Sara, il m'a dit, je veux te demander quelque chose. Je sais que c'est une requête très difficile, parce qu'on me la fait parfois, et qu'elle me met toujours mal à l'aise, alors je ne demande ça qu'en des occasions très particulières.

– Quoi ? j'ai dit, tandis que mon cœur battait si fort qu'il me faisait mal.

Le plus étrange, c'est que j'avais mal à l'endroit des prémonitions. Il y avait donc un fantôme qui traînait par là ? Qu'est-ce que ça signifiait, cette douleur ?

– Sara, il m'a dit à l'oreille. Sara, montre-moi ton visage.

Je ne pouvais pas refuser. C'était impossible. Pourtant, la partie gauche de mon visage était affreuse. Il me demandait de lui montrer ma laideur, et je ne pouvais pas lui dire non. Mais il avait raison, je le savais. Parce que, pour atteindre son niveau de célébrité, il faut être prêt à faire n'importe quoi.

J'ai voulu porter ma main à mon masque, mais il m'a attrapé la main et il m'a dit :

– Attends.

Puis il l'a fait. En me regardant droit dans les yeux, il a soulevé son masque. Il ne le faisait jamais pour personne, mais il m'a montré son visage.

C'était affreux. Affreux, affreux, affreux. Vous vous souvenez des photos de Jonathan Heat dans sa jeunesse, de sa beauté ? Maintenant, il est affreux. Sa peau tombait en lambeaux, elle paraissait collée par endroits. J'ai ensuite appris que c'étaient des greffons. Certaines parties étaient à vif, d'autres brillaient comme si la peau avait cicatrisé. Avec son masque, il était splendide. Mais dessous... dessous, c'était un monstre. Je n'avais jamais vu un spectacle aussi horrible.

– Tu me vois tel que je suis, Sara, il a dit en me regardant droit dans les yeux. Et c'est moi qui me suis fait ça. Trop d'opérations, trop de chirurgie. À l'époque, je croyais que ça allait m'aider, mais maintenant, je me rends compte que c'était juste un prétexte. Je me suis fait du mal, Sara. Je suis devenu horrible parce que en moi, je me trouvais horrible. Le monde entier me trouvait beau, et moi je me sentais moche. Voilà ma maladie : la laideur. J'avais plus peur d'être laid que de n'importe quoi, or maintenant, je suis devenu ce que je craignais.

Il s'est interrompu pour me laisser réfléchir. Il ne me quittait pas des yeux. Je voyais du coin de l'œil que l'infirmière essayait de franchir le barrage de ses assistants, comme si Jonathon Heat faisait quelque chose de mal, mais ils l'ont bloquée jusqu'à ce qu'il ait fini.

Il a remis son masque.

– Sara, je crois que nous sommes des âmes sœurs, il m'a dit. On adore chanter, danser, divertir les gens et leur donner du bonheur. On aime chercher à comprendre ce que les gens pensent. On veut tous les deux faire le bien. On est doués, on est beaux, mais en nous, Sara... Tu ne crois pas que tu me ressembles ? N'aurait-on pas un diable qui nous dit sans cesse qu'on est laids ? Et parfois, de guerre lasse, on est assez stupides pour le croire ? Tu comprends ce que je veux dire ?

Je comprenais. Il m'expliquait que j'avais volontairement plaqué ce fer contre ma joue. Je n'ai pu que hocher la tête. Il décrivait ce qu'il ressentait, et il voulait que je lui ressemble, alors que faire ? Je ne pouvais pas dire que je n'étais pas comme lui, même si je le pensais.

– Sara, montre-moi ton visage.

C'était un ordre. J'ai retiré mon masque.

Il m'a longuement observée. Puis il a fait signe du doigt à l'un de ses assistants. C'était un vieux bonhomme, il devait avoir plus de quatre-vingts ans. J'ai ensuite appris que c'était le docteur Kaye. Il s'est penché pour examiner ma peau brûlée et m'a posé quelques questions.

Pour finir, le bonhomme a fait un signe de tête et il a dit :

– Ce n'est pas grave. On peut très bien effacer ça.

Jonathon a souri. Il avait l'air heureux.

– J'espérais que ça ne soit pas trop tard, il a dit.

Et vous voulez savoir quoi ? Il avait les larmes aux yeux.

– Tu es une très jolie fille, Sara, et je veux t'aider. Je ne veux pas que tu deviennes un monstre comme moi.

– Vous n'êtes pas un monstre, j'ai couiné.

Mais il a secoué la tête.

– On peut se transformer en monstre, Sara, j'en suis la preuve vivante. Je veux t'aider. Mais d'abord, Sara, tu dois me faire une promesse.

Il m'a caressé tout doucement la joue.

– Ceci est mon visage, dit-il. Quand tu te fais ça, c'est à moi que tu le fais. Ce sont mes mains, il a dit en me prenant les mains. Quand elles te font du mal, c'est à moi qu'elles font du mal.

– C'était un accident, j'ai dit.

– Un accident ? Un accident volontaire ?

Il m'a souri, mais je n'ai pas répondu. Je sentais que le démon en moi était à moitié mort, mais plus aux aguets que jamais.

– Je le promets, j'ai dit.

Et je savais que je tiendrais ma promesse.

Ce que Sara ignorait alors, c'est ce qu'elle venait de promettre.

Le manoir

À peine un mois plus tard, Sara vivait au manoir du Cheshire.

Tout avait été fait dans les règles. Elle n'avait que dix-sept ans, et même si elle se considérait comme majeure, Heat avait tenu à obtenir l'autorisation de sa mère. Il voulait aussi que son père donne son accord, mais Jessica refusa qu'il soit mis au courant.

– Si Tony apprend ça, il va s'accrocher à vous.

Elle parlait d'argent. Tony Carter n'était pas très fortuné, il dirigeait péniblement une petite usine d'emballage de biscuits pour l'hôtellerie dans le Wiltshire. Nous ne saurons jamais s'il était autant attiré par l'appât du gain que le prétendait Jessica, puisque Heat respecta son souhait. Le seul rôle du père de Sara dans cette histoire, c'est celui de l'absent. Au procès, Heat a même rappelé son désir de le prévenir pour contrer l'accusation, qui prétendait que Sara était tenue au secret au manoir pendant que Heat préparait son crime.

Jessica, elle, était au courant mais, à part les premiers jours, elle ne résida pas au manoir. Heat lui avait procuré un travail loin de sa fille mais, sur ce point, tout le monde s'accorde à dire qu'il était préférable que Sara et Jessica ne soient pas ensemble. Sara ne voulait pas avoir sa mère dans les pattes, et la situation excitait Jessica tout autant qu'elle l'angoissait. Peut-être a-t-elle été jalouse, ou inquiète ? Elle savait qu'elle n'avait plus aucun pouvoir sur Sara, et elles se disputaient très fréquemment. Ce n'était de toute façon pas quelqu'un d'équilibré. Elle était capable de provoquer une crise, puis de s'effondrer.

« Sa présence n'aurait fait qu'aggraver les choses, déclara Janet. Elle cherchait sans cesse la confrontation. Et si Sara essayait de fuir, elle se mettait en colère. Je crois qu'elles s'aimaient, mais elles ne se supportaient pas. Pour moi, elle ne comprenait pas Sara. »

Ce qu'on peut difficilement lui reprocher, dans la mesure où personne ne la comprenait.

Il est vrai que Jessica avait peu de respect pour ce que Janet admirait chez son amie : son imagination hors du commun et ses coups de folie.

« Toute petite, déjà, Sara mentait, avait déclaré Jessica au magazine *Wow*. "Qui a cassé ce vase ? C'est le chat, maman. Qui a fouillé dans ma trousse de maquillage ? Une petite fille est venue t'apporter quelque chose, alors je l'ai laissée entrer, ça doit être elle, maman." Elle trouvait une excuse irréaliste et se sentait mortellement blessée si on ne la croyait pas. "Qui a brisé le miroir de ma chambre, qui a déchiré ma nuisette ? Ce n'est pas moi, maman, ce n'est pas moi, ce sont les gnomes qui vivent sous le lit. Ils ont promis qu'ils ne recommenceraient plus, et je les ai crus !" »

La tension entre la mère et la fille était palpable. Heat l'envoya travailler sur un projet de film. Jessica passa les semaines suivantes dans des destinations de rêve, logée dans de beaux hôtels et très bien payée. Elle a beau dire qu'elle souffrait de la séparation d'avec sa fille, à l'époque, elle semblait ravie.

Avant même que Sara s'installe chez lui, Heat avait déjà planifié son avenir. Bien sûr, il y aurait des disques : un single, un album et un clip. Des séances photo, aussi. La photographe Tiffany Gray passa plusieurs jours à prendre des clichés. Il y aurait des cours de danse et de chant, parfois avec Heat en personne.

Et il y aurait de la chirurgie. Heat voulait que la brûlure de Sara disparaisse au plus vite.

Bizarrement, Sara ne manifestait pas le même empressement. D'abord furieuse à cause de son visage brûlé, elle avait fini par aimer sa cicatrice. La blessure avait laissé un triangle de peau tendue et rouge que Sara intégra rapidement à son apparence. Parfois, elle faisait un dessin symétrique sur l'autre joue et, quand sa peau fut complètement cicatrisée, elle la teintait ou la décorait.

– On dirait un motif africain, tu ne trouves pas ? Ou punk, disait-elle à Heat, qui détournait la tête de colère, quand bien même il était à l'origine de ce genre de goûts esthétiques.

Mais depuis, les choses avaient changé. Un homme au visage détruit ne pouvait supporter l'idée qu'une jeune fille refuse qu'on efface les traces d'une blessure. Paradoxalement, Sara continuait à avoir très envie de se faire refaire les seins, le nez et les pommettes, qu'elle ne trouvait pas assez prononcées, et aussi de subir une liposuccion. Quant à la cicatrice, elle ne savait pas trop. Heat prétendait qu'il suffisait d'une seule opération pour le tout. Lorsque, sur l'insistance de plusieurs membres de son équipe, Sara finit par accepter, Heat était aux anges.

– D'après moi, elle le faisait marcher, déclara ensuite l'un d'eux.

– Elle pouvait tout de même faire ça pour lui, ajouta un autre.

La générosité de Heat était légendaire, en échange de quoi son personnel lui vouait une loyauté absolue. Tout le monde se décarcassait pour lui et s'en voyait largement récompensé.

Sara avait un physique étonnant, même si on ne la trouvait pas forcément belle. On aurait presque dit qu'elle portait un masque, ce qui lui donnait une apparence que certains jugeaient irréelle, d'autres angélique, voire tout simplement sans intérêt. Sans maquillage, ses traits étaient délicats, sa peau douce et fine, elle avait un nez bien dessiné et un sourire pulpeux, étonnamment grand, qui illuminait tout son visage. Elle avait aussi d'étonnants yeux verts, très larges, avec d'immenses iris. Ses yeux ressortaient d'autant plus sur les photos où elle portait son masque.

Tiffany Gray prit toute une série de clichés de Sara, certains avec masque, d'autres visage nu, et se montra très satisfaite du résultat.

Sara insista pour qu'elles ne cachent pas sa cicatrice.

– Elle a même dit que si Heat l'obligeait à l'effacer, elle se blesserait à nouveau, déclara Tiffany d'un air à la fois étonné et amusé. Sara avait des idées très radicales sur sa beauté. Elle prétendait que si Jonathon était capable d'apparaître avec un visage de chien, elle pouvait bien conserver sa cicatrice.

Mais ce qui avait attiré Tiffany Gray en Sara, c'était son image si changeante – une simple pose ou une lumière la métamorphosaient. Les clichés de Tiffany Gray montraient une Sara à la fois séductrice, froide, agressive, passive ou sexy. On avait du mal à imaginer qu'il s'agissait de la même personne, ce à quoi Tiffany Gray rétorquait : « Qu'est-ce que vous espériez ? C'était de la mode, pas du portrait. »

L'une de ces photos est désormais culte : Sara en maillot de corps blanc, nue à partir de la taille, qui baisse les yeux vers l'appareil, dans une lumière chaude, avec des ombres marquées sur le visage et le buste. Elle a un regard dur, mais on sent sa vulnérabilité. Ses grands yeux qui brillent derrière son masque en plastique blanc semblent possédés.

Gray photographiait Heat depuis des années, mais elle ne voyait en lui qu'un homme intéressé. En aparté, elle conseilla à Sara de ne rien accepter de sa part. Elle déclara ensuite que, lorsqu'elle lui avait donné ce conseil, Sara lui décocha un regard assassin.

– Ce qui est normal, dit Gray. Heat était son ticket d'or. Ce qu'elle ignorait, c'est qu'elle n'avait pas besoin de lui pour conquérir le monde.

Kaye ne voulait pas opérer Sara avant que la cicatrisation soit complètement achevée. Il avait planifié l'intervention pour juillet, deux mois après son installation au manoir. Ils choisirent très vite la forme de ses seins, de son nez, de sa bouche, de ses joues et de ses cuisses. Une liste si longue peut sembler incroyable pour une fille de dix-sept ans avec le physique de Sara. On peut même se demander pourquoi elle se faisait opérer. Janet, nous le savons, était très sceptique quant à toute l'affaire, mais Sara « ravie de cette chance qui s'offrait à elle ». Tiffany, qui l'avait tant admirée pendant les séances photo, ne fut jamais mise au courant de la suite des événements. Si elle avait su, déclara-t-elle : « Je lui aurais foutu un coup de pied au cul si fort que cette fois, elle aurait vraiment eu besoin de chirurgie ! » Selon Gray, ce que Sara n'aimait pas en elle, c'était peut-être sa simplicité, qui lui permettait justement d'apparaître si différente chaque fois.

– Elle voulait que tout soit extraordinaire en elle. Elle ignorait sans doute qu'être extraordinaire sous l'objectif d'un appareil photo, ce n'est pas comme être extraordinaire dans la vraie vie.

La mère de Sara, dont on aurait pu espérer qu'elle intervienne, était tellement exaspérée par cette opération qu'elle s'en lavait les mains.

– C'est ta décision, je ne veux même pas en entendre parler, lança-t-elle à Sara.

Sara ne se le fit pas répéter deux fois.

On a longuement débattu des raisons pour lesquelles Heat voulait que Sara soit opérée. Malgré son histoire, ou peut-être justement à cause d'elle, Heat semblait trouver ça banal. Pourtant, il ne pouvait ignorer la jeunesse et la vulnérabilité de Sara. Heat a souvent expliqué qu'il n'avait pas été préparé à devenir une star, et il est possible qu'il ait voulu, justement, préparer Sara. Il insista pour que sa jeune protégée voie un psy trois fois par semaine. Ce qui, au premier abord, semblait une très bonne idée. Sauf que Heat désigna comme thérapeute le docteur Kaye : l'homme qui lui avait détruit le visage.

Bernadette McNalty, une infirmière qui s'occupait de Heat depuis des années, et qui avait en réalité plus d'expérience en psychothérapie que Kaye, était au manoir à l'époque. Elle aurait été plus qualifiée, car moins impliquée dans l'opération, et donc plus à même de déceler un souci. Au procès, les défenseurs de Heat firent remarquer que, une semaine après l'arrivée de Sara, Bernadette partait s'occuper d'une œuvre de bienfaisance en Jamaïque. D'autres suggérèrent que le choix du docteur Kaye permettait de s'assurer que Sara se pliait aux désirs de Heat.

La nature de la relation entre Sara et le docteur Kaye demeure mystérieuse. D'après Janet, Sara l'avait toujours détesté. « Docteur Maboule, le croqueur de visage », le surnommait-elle. Elle racontait qu'il avait volé le visage de Heat pour le dévorer tout cru. Janet affirme que pendant les entretiens avec Kaye, Sara faisait l'idiote en prenant des voix ou des personnalités différentes. « Elle m'a dit qu'à chaque fois, elle se montrait sous un jour différent. »

Heat, à qui Kaye devait rendre des comptes, a toujours nié, et il a un point de vue très différent sur la question. D'après lui, Kaye et Sara travaillaient à partir de jeux de rôles. Kaye racontait que les entretiens étaient très drôles, mais aussi très fructueux. Ces différents personnages leur permettaient d'aborder de nombreux sujets. C'était comme ça que Sara préférait réfléchir. Kaye attendait ces entretiens avec impatience et, pour ce qu'en savait Heat, Sara aussi. Cette information a été confirmée par plusieurs membres du personnel.

Chaque entretien était enregistré et filmé, et Kaye faisait un rapport à Heat sur l'évolution de l'état psychologique chez Sara. Mais tous ces rapports, y compris ceux de Kaye sur Heat, ont été détruits dans l'incendie qui a ravagé le manoir quelques jours après le départ de Sara. Rien n'a pu être retrouvé. La nature des relations entre Sara et l'étrange Wayland Kaye demeure une énigme.

Quand elle arriva au manoir, Sara n'avait aucune idée de la tragédie qui l'attendait. Elle était au paradis. Heat travaillait avec elle sur son premier CD. En quelques jours, ils avaient choisi les chansons et les musiciens, ainsi qu'un designer pour les illustrations. Quelques semaines plus tard, Heat allait donner une soirée où Sara et lui rejoueraient le premier soir de *Night of the Mask* devant des stars, des producteurs et des agents. Ça devait être un grand lancement.

Et puis, il y avait les interminables séances de shopping, les dîners et les rencontres avec d'autres célébrités. Sara adorait ça. Elle vivait le plus beau moment de sa vie.

Sara, 5 mai 2005

Sara filme tout en marchant. Elle semble abasourdie.

Ça, c'est ma chambre. Vous avez vu? Le sofa est presque aussi grand que mon ancienne chambre à Levenshume. Un vrai bateau. On pourrait y mettre toute une maison, dans cette chambre. Il y a une table avec des chaises près de la fenêtre, et une télé aussi grande que la Lituanie. On dirait un hall d'exposition. Et par la fenêtre, on voit des cerisiers de cinq couleurs différentes! Dommage qu'ils ne soient pas encore en fleurs. Il y a aussi de l'art moderne en plein milieu du jardin. Certains trucs, ça ressemble à de la merde. D'autres, c'est vraiment de la merde. Il y en a, on dirait des étrons laissés par des paresseux il y a vingt mille ans, sauf que c'est de l'art. Ça me fait bien rire. Jonathon fait mettre de la teinture bleue dans le système d'arrosage automatique, ce qui donne des fleurs bleues. Cool, non ? Hallucinant. Je me demande s'il obtient des cerises bleues. Il faudra que je lui demande.

J'ai une salle de bains immense. Et un dressing. Il faut dire qu'on passe notre temps à faire du shopping. Maintenant, j'ai besoin d'une pièce entière pour mettre mes vêtements. Et ça, c'est mon lit. Vous avez déjà vu un truc pareil ? Je n'arrivais pas à dormir dans cette chambre, tellement elle était grande. Autant vouloir dormir au milieu d'un terrain de foot. Moi, j'ai besoin d'un petit coin bien tranquille, vous comprenez ? Alors j'ai demandé à Jonathon d'avoir une chambre plus petite, mais il n'a pas supporté que moi, son invitée d'honneur, habite un petit machin. À la place, il m'a trouvé ce lit géant, qui est une chambre en soi. On peut carrément y vivre. C'est un lit à baldaquin, du coup, il n'y a qu'à fermer les rideaux. Ça, c'est l'écran de télé, il disparaît dans le mur ! Là, il y a les livres, les CD, tout ça. Ça, c'est une Playstation. Là, il y a la chaîne avec les baffles. Et là, un frigo ! Un lit avec frigo intégré ! Mais c'est dangereux, parce qu'on a en permanence envie d'y faire une descente. Jonathon trouve que je ne mange pas assez. Il fait partie du complot international pour me faire grossir. En attendant, tout ça c'est drôle, et ça coûte plein d'argent. Ça me fait plaisir qu'il dépense autant pour moi. Ce mollard noir et vert collé à un poteau, c'est Jonathon qui l'a fait. Jonathon est incapable de différencier l'art du ridicule, et ses machins, c'est plus du ridicule que de l'art. Si vous voulez savoir, ce lit est tellement ridicule que ça en devient de l'art.

Je fais le tour pour que vous me voyiez. Je pose la caméra sur le rebord…

Comme ça.

Vous avez de la chance de voir ça. Personne n'a le droit de venir ici, à part mes meilleurs amis. Même pas Jonathon. Quand on m'a livré le lit, il est venu le voir. Il voulait l'essayer. Ça, on peut comprendre. Dès qu'on voit ce lit, on a envie de sauter dessus ou de s'y cacher. Lui, il s'est allongé en travers et il n'a plus bougé. Du coup, je suis allée m'asseoir dans un fauteuil à l'autre bout de la chambre, à quatre cents mètres environ. On devait crier pour se parler tellement on était loin.

La question, c'est de savoir s'il a envie de me baiser. Peut-être que le lit, c'est une promotion canapé. Ensuite, est-ce que j'ai envie qu'il me baise? Il faudra peut-être que j'en passe par là. C'est le prix à payer. Ces types-là, on n'a pas d'autre choix que de les aimer. Cela dit, vu le nombre de fois qu'il a dû baiser, il doit être plutôt doué. Le problème, c'est qu'il est vieux! C'est comme si votre grand-mère faisait un défilé de mode. Si je baise avec lui, comment je vais faire pour pas éclater de rire? Baiser avec un grand-père…

En fait, je crois que je m'en fous. Baiser avec Jonathon Heat ? Faut voir.

Mais peut-être qu'il n'en a pas du tout envie. Il n'est pas très fort pour dire ce qu'il veut. En relations humaines, il a tout faux. On dirait presque un autiste. Peut-être qu'il voulait juste faire comme s'il était une copine, à traîner sur mon lit pour lire *Heat Magazine* et manger des chips en parlant régime ou fringues.

À ce propos, il faut que je vous raconte. Je vous ai déjà expliqué que les gens ne lui disent que ce qu'il a envie d'entendre ? Je parle de son personnel. À les écouter, Jonathon Heat est quelqu'un de merveilleux, incapable de faire du mal à une mouche. Critiquer Jonathon, ça se fait pas. Il y en a une seule qui ose, c'est Bernadette. Elle est géniale. C'est une Jamaïcaine, ça fait des années qu'elle est là. Au début, elle aidait en salle d'opération, et puis elle en a eu marre. On peut comprendre, non ? Mais Jonathon et elle étaient tellement proches qu'elle est restée. Elle est incroyablement gentille, elle vient toujours voir si tout va bien. Elle est réservée, ce n'est pas le genre à parler beaucoup, mais on sait toujours ce qu'elle pense, vous voyez ?

Bref, Jonathon était couché sur mon lit, il essayait d'entendre ce que je disais. Comme je faisais ma salope, je faisais exprès de parler tout bas, d'autant qu'il a l'air un peu sourd. On a frappé à la porte, j'ai dit : « Entrez » et Bernadette est apparue. Vous auriez vu la tête de Jonathon ! Il savait bien qu'il n'avait rien à faire là. Bernadette s'est adressée à moi, mais elle n'arrêtait pas de le regarder. Lui, il se tortillait, comme s'il voulait se relever, mais qu'il n'osait pas. Le lit est tellement grand qu'on ne peut pas en sortir comme ça, surtout quand on est allongé en plein milieu. Alors, il a dû ramper jusqu'au bord. C'était à mourir de rire !

Pour finir, elle a croisé mon regard, et elle a levé les sourcils si haut qu'on a toutes les deux souri – c'était plus fort que moi. Elle devait se pincer les lèvres pour s'empêcher de rire.

– Monsieur Heat ! elle a lancé. Croyez-vous qu'il soit convenable de vous affaler de la sorte sur le lit de Sara ?

– Je ne m'affalais pas, Bernadette ! il a protesté.

S'affaler de la sorte ? Quelle drôle d'expression ! Je n'imaginais pas Jonathon Heat affalé. Je ne savais pas où regarder.

– Jessica est au bout du couloir, vous savez, a ajouté Bernadette.

Quand Bernadette a parlé de ma mère, il a quasiment sauté du lit, comme si elle passait son temps derrière la porte. Je ne sais pas pourquoi il avait si peur d'elle.

– Ce n'est pas du tout ce que vous pensez, Bernadette.

Il était super gêné ! Vous voyez comment il est mignon. Il a fait les cent pas dans la chambre en répétant qu'il était désolé, puis il est presque parti en courant. Malgré son masque, on voyait qu'il était tout rouge. Ses oreilles étaient écarlates. Adorable !

– Pauvre Jonathon..., a dit Bernadette.

On a échangé un regard et on a éclaté de rire, mais on se retenait quand même, au cas où Jonathon soit encore derrière la porte. Bernadette est géniale. C'était tellement drôle que j'ai dû courir dans la salle de bains pour qu'on ne m'entende pas.

Malheureusement, elle doit partir. Elle va à la Jamaïque s'occuper d'une œuvre de bienfaisance pour Jonathon. C'est vraiment dommage.

Mais écoutez ça : bientôt, on va donner une grande fête ! On invite chacun quarante personnes, et on va se produire ensemble. Et devinez ce qu'on va faire ? La soirée d'ouverture de la *Night of the Mask* ! La vraie ! Tous les deux ! Jonathon Heat et moi ! Vous avez le droit de crever de jalousie ! Ça va être mon grand lancement. Jonathon invite des stars, des agents, des producteurs de cinéma... Tous ces gens qui vont venir me voir...

Jonathon dit que je suis la fille la plus talentueuse qu'il ait jamais rencontrée. Pour mon âge, sans compter que jusqu'à présent, je n'ai jamais vraiment travaillé. Il m'a dit : « Sara, tu sais, j'ai demandé à Georgie (c'est son coach vocal) ce qu'il pensait de toi, et il m'a répondu : "Du platine, Jonathon. Du pur platine." »

Moi ! Du pur platine !

Le problème avec Jonathon, c'est qu'on ne sait jamais ce que pensent vraiment les gens parce que, comme je dis, ils l'aiment tous. Dans cette maison, rien que penser que Jonathon est un homme stupide ou méchant, c'est un pur péché. Il faut dire qu'il les paie bien...

Pourtant, il l'est. Stupide. Et méchant. C'est juste qu'il est aussi très gentil et qu'il se trouve être l'une des personnes les plus talentueuses sur terre.

Je suis tout le temps très occupée. Son nutritionniste me donne des tas de conseils, je mange très sainement. Beaucoup de fruits, de légumes et de poisson. J'ai l'impression d'être un primeur ambulant. Rien que du bio. Je fais beaucoup d'exercice, aussi. Je me sens si bien ! Je nage, je vais à la salle de muscu, j'ai droit à des massages et des saunas. Jonathon a une vraie clinique à sa disposition. Ma peau rayonne. Je me suis fait couper les cheveux. Regardez-moi, on dirait que je sors d'un magazine. Si Mark me voyait maintenant ! Tant pis pour toi, mon gars, t'as passé ton tour. Le seul problème c'est mon poids. Je n'arrive pas à me débarrasser de mes kilos. Toute cette graisse. Beurk !

Elle pince un petit pli de peau entre ses doigts.

J'ai l'air d'un bibendum. Et pour l'autre truc, celui pour lequel je n'ai pas le choix, le rendez-vous est pris. Mon visage. Ils vont prélever de la peau sur mes cuisses blanches. Moi, je m'en fous, c'est pour Jonathon que je le fais. Ouais, d'accord, c'est mon visage, mais quelle importance ? S'il veut me transformer en grande star, il a son mot à dire sur mon apparence.

On va m'affiner le nez. Comme ça. Pour l'instant, on dirait un bulbe. Je ne serais pas étonnée qu'il fleurisse ! Je voulais qu'ils m'aspirent un peu de graisse sur les cuisses, mais non. Ils disent que je suis assez mince comme ça. Pourtant, c'est quoi ce truc ? Des os ? Du muscle ? Non. Ça tremble, donc c'est de la graisse. Au secours, je suis trop grosse !

De nos jours, pour connaître la gloire, il faut en passer par là. Les gens me disent : « Tu es très belle comme ça », mais le problème n'est pas là. Le problème, c'est l'art. Or l'art, ce n'est pas naturel, c'est ça le truc. L'art, c'est artificiel. Mes seins vont être refaits pour qu'ils ne se barrent pas à l'ouest dès que je m'allonge. Je vais peut-être les demander un peu plus gros, aussi. Des gros seins rien que pour vous.

Je vais aussi demander à être opérée par quelqu'un d'autre. Le docteur Kaye, tout le monde dit que c'est un génie. Moi, je veux bien, mais le génie, regardez ce qu'il a fait à Jonathon. Il y a des morceaux de viande moins dégueu que ça chez le boucher. Et puis, je n'aime pas ce type. Je ne veux pas qu'il me touche. Il est propre sur lui, mais c'est un vieux schnock. On n'imaginerait pas qu'il passe ses journées les mains dans le sang. Pire, dans la graisse. Il me fout les jetons. Il me fait mal à l'endroit des prémonitions. Dès que je pense à lui, ça me fait mal. Docteur Kaye. Aïe. Docteur Kaye. Aïe. Docteur Kaye. Aïe. Vous avez vu ?

Mon Dieu ! Pourquoi je fais des trucs pareils ? Ce pauvre docteur Kaye. Personne ne l'aime.

Aïe !

On a choisi dans les catalogues ce qui me convenait le mieux. Il y a un catalogue pour tout. Un catalogue de nez, un catalogue de seins, un catalogue de sourires, un catalogue d'yeux. Il suffit de choisir. On peut même se faire arranger le zizi ou la chatte.

– Ce n'est pas pour toi, m'a dit Jonathon. C'est pour les femmes qui ont déjà eu des enfants.

– Et les zizis ? j'ai demandé. C'est aussi pour les hommes qui ont déjà eu des enfants ?

– Tout homme rêve d'avoir un truc comme ça. Et toutes les femmes aussi, il a ajouté, ce qui a fait rire toute son équipe.

Puis il m'a demandé lequel je préférais. Mais pour qui il se prend ? C'est pas ses affaires. Ils me regardaient tous en attendant ma réponse. Comme si c'était normal de poser des questions comme ça.

Il y a eu un long silence, mais je n'ai rien dit.

Elle fait un signe de tête à la caméra, tend la main et l'éteint.

Bernadette

Bernadette habite désormais à Bristol une grande maison achetée grâce à l'argent mis de côté pendant ses dix années de service auprès de Jonathon Heat. Sans ce poste, jamais elle n'aurait pu s'offrir une demeure pareille.

Je l'ai rencontrée dans son jardin, dont elle est extrêmement fière. Nous étions installés sous une clématite et un chèvrefeuille. Elle sert du thé et un épais cake aux fruits aux gens qui viennent écouter son histoire. Ce n'était pas la première fois qu'elle la racontait, loin de là. La clématite était en fleur, et il y avait quelques pâquerettes dans l'allée. Bernadette a souri en s'exclamant :

– Quelle merveille !

De toute évidence, elle n'en revenait toujours pas de posséder une si belle maison dans un si beau quartier et de pouvoir vivre de ses rentes à cinquante-cinq ans. Avant d'entrer au service de Heat, Bernadette occupait une maisonnette modeste où elle pensait terminer ses jours.

– Tu es riche, maintenant, Bernie ! la complimenta l'un de ses amis, un élégant Jamaïcain un peu plus jeune qu'elle : le pasteur de l'église.

– Je vivais déjà comme une princesse au manoir de M. Heat, répondit Bernadette. Mais ici, c'est ma maison.

Elle sourit en s'agitant sur sa chaise et me lança :

– Chez soi, les chaises sont toujours plus confortables.

Bernadette avait été embauchée au manoir pour s'occuper de Heat après ses différentes opérations chirurgicales. Elle l'avait rencontré à la clinique Barbara-Standford de Manchester où elle travaillait comme infirmière en chef. C'était son premier poste dans le privé après vingt ans passés dans le public, et elle s'en sentait coupable. Mais son mari venait de mourir, elle devait faire face à d'importantes dettes, et il fallait qu'elle gagne de l'argent. Elle avait rencontré Heat le jour où il était venu passer une IRM – Bernadette m'expliqua que, dans les rares moments où il ne s'inquiétait pas pour son apparence, il se faisait du souci pour sa santé. Quelques jours plus tard, elle avait reçu une lettre lui proposant un entretien d'embauche au manoir. Quand elle arriva, elle était la seule postulante.

– J'ignore pourquoi, mais il m'avait tout de suite adoptée, dit-elle avec une expression de tristesse.

En fait, elle continuait à se reprocher de ne pas avoir pu sauver Heat. Il l'avait embauchée, mais elle n'avait jamais pu changer le cours des choses: il avait continué à se détruire.

– Je suis persuadé que tu n'as fait que le bien pendant ton séjour là-bas, lui dit Patrick, le pasteur. Mais tu n'étais peut-être pas destinée à le sauver.

Bernadette eut l'air réconforté par cette idée. Elle reprit son récit.

Heat et elle avaient un lien fort, qui s'était resserré au fil des années. Patrick m'avait expliqué que, pour Heat, Bernadette représentait une figure maternelle et le docteur Kaye une figure paternelle, le désaccord entre ces deux personnes renvoyant Jonathon Heat aux disputes entre ses parents quand il était petit. Je ne sais pas si c'est vrai, en tout cas, Bernie tenait de toute évidence un rôle de mère auprès de Heat.

Au fil des années, elle avait suivi de nombreuses formations – notamment en suivi psychologique et en aide opératoire, puisque Heat s'était fait construire un bloc chirurgical à domicile. Au début, Bernadette participait aux interventions, mais comme celles-ci devenaient de plus en plus expérimentales, elle avait compris que l'obsession de Heat était une maladie en soi. Elle avait fait tout son possible pour le raisonner, et refusé de prendre part aux nouvelles opérations. En revanche, elle continuait à assurer les soins post-opératoires. Même après avoir perdu son visage, Heat faisait toujours confiance au docteur Kaye. Pour Bernadette, c'était une véritable addiction : Heat était accro à la chirurgie qui le détruisait, et Kaye était son dealer. Mais Heat avait aussi refusé de licencier Bernadette, malgré l'insistance du docteur Kaye. Cependant, il la tenait de plus en plus souvent éloignée du manoir.

Quand Bernadette avait rencontré Jonathon Heat, c'était un homme qui avait le pouvoir de transformer la vie de n'importe qui, sauf la sienne. Et pourtant, elle finit par craindre que, sous couvert d'esthétique, il n'entraîne Sara dans sa malédiction. Car Sara avait été au point de se sacrifier pour la vanité de Heat.

– Pour moi, Sara était magnifique, elle avait tout pour elle. Mais elle ne voyait rien de tout ça. Elle se trouvait laide. Exactement comme M. Heat, qui était si beau quand il était jeune. En fait, il s'est transformé en ce qu'il voyait dans son miroir. Il était devenu un monstre, mais il savait tellement bien dissimuler les choses que tout le monde l'ignorait. Moi qui croyais le connaître... Il était comme un fils pour moi. Jamais je n'ai soupçonné qu'il ait pu avoir de telles idées.

Bernadette resta au manoir une semaine après l'arrivée de Sara, puis elle s'envola pour la Jamaïque. Elle détestait travailler sous les ordres du docteur Kaye, et elle avait déjà souvent pensé démissionner. Elle avait l'impression de ne plus mériter l'important salaire qu'elle recevait.

– La seule façon de justifier ma paie, dit-elle en levant fièrement le menton, c'était de me mettre au service de l'église.

– Pour Bernadette, dépenser de l'argent n'a jamais été un problème, déclara le pasteur. (Il s'interrompit. Bernadette avait l'air inquiet.) Du moment que ce soit pour les autres...

Tout le monde éclata de rire.

En fait, Bernadette avait tenté de partir plusieurs fois, mais Heat réussit toujours à la retenir. Elle était touchée par sa loyauté. Pourtant, au moment où elle se serait crue le plus utile auprès de lui, il lui trouva une mission lointaine. Juste quand elle avait l'impression que son expérience de thérapeute pouvait aider Sara, elle était de nouveau en partance pour l'étranger. Ce qui la contraria le plus, c'est que la thérapie serait conduite par le docteur Kaye, ce qu'elle trouvait déplacé. Mais Heat avait financé des projets caritatifs dans la Jamaïque natale de Bernadette, et elle devait s'y rendre. Elle n'aidait pas à l'administration et à l'organisation, auxquelles elle ne connaissait rien, en revanche, il fallait impérativement sa signature pour dégager les fonds. Pas de Bernadette, pas d'argent pour les pauvres. Elle était coincée. L'opération de Sara devait se dérouler pendant son séjour, mais il était question que Bernadette vienne assurer les soins post-opératoires.

Elle fut d'abord méfiante quant à la personne de Sara. Elle craignait qu'elle soit comme ceux qui approchaient Heat : tout simplement intéressée. Mais elle révisa vite son jugement. Sara était charmante, pleine de vie et d'espoir, sans une once de fourberie. Cela peut sembler un jugement bizarre pour quelqu'un qui affabulait autant, mais Bernadette savait faire la différence entre le fantasme et la duperie. Elle savait que Sara ne disait pas toujours la vérité, parfois à dessein, mais jamais pour se servir des autres.

Bernadette tomba aussitôt sous le charme de Sara. Sara ressemblait sous de nombreux aspects à Heat dans sa jeunesse : innocente, bourrée de talent, mais aux prises avec de terribles démons. Pourtant, elle trouvait dangereux qu'une jeune fille habite dans une demeure hantée par les flatteurs et les escrocs. Pour elle, Sara ne devait pas vivre auprès de Heat, et elle n'était pas dans un état de stabilité mentale suffisant pour supporter autant de chirurgie. Elle n'avait que dix-sept ans ! Pourquoi une si jolie personne devait-elle se faire charcuter comme ça ? Cela n'avait pas de sens.

Les masques de Sara effrayaient Bernadette, aussi. À son arrivée au manoir, Sara, qui ne portait presque plus de masques depuis son accident avec le fer à repasser, ne les quittait plus.

– On ne se cache la figure que si l'on a quelque chose à dissimuler, décrétait Bernadette.

Ce que Sara cachait, ou de quoi elle se cachait, Bernadette ne le sut jamais.

Pendant les quelques jours précédant son départ, elle s'efforça de passer le plus de temps possible avec Sara. Elle regrettait d'être envoyée si loin, et elle sentait bien qu'on l'éloignait à dessein. Mais au vu de leurs noires ambitions, Heat et Kaye avaient bien raison. Car, dans le peu de temps dont elle disposait, Bernadette fit de son mieux pour convaincre Sara de refuser l'opération. Une fille aussi jolie qu'elle ! Elle ne devait surtout pas se presser...

Sara écouta et promit d'y réfléchir, mais Bernadette n'y crut guère.

– Je veux que tu y penses sérieusement, Sara. C'est important.

– J'y ai déjà pensé, Bernie. J'y pense depuis toujours.

Bernadette était désespérée. Ses quelques jours auprès de Sara n'avaient fait qu'accroître son angoisse. Plusieurs signes lui laissaient penser qu'aucun médecin digne de ce nom n'autoriserait cette opération. Et encore, à l'époque, Bernadette ignorait tout du projet de Heat.

Jessica, la mère de Sara, résida au manoir la première semaine. Bernadette ne se lia guère d'amitié avec elle. Elle avait l'impression que Sara n'était pas non plus très proche de sa mère. Et pourtant, chaque matin vers dix heures, la jeune fille allait prendre son petit déjeuner avec elle. Parfois, Heat les rejoignait. Il semblait heureux de jouer cette apparence de scène familiale.

Sara et sa mère avaient inventé un jeu idiot, qu'elles réitéraient chaque matin. Le premier jour, Heat avait apporté son petit déjeuner au lit à Jessica : un œuf à la coque et des toasts qu'il avait préparés lui-même. C'était tout à fait Heat. Il avait tellement d'employés qu'il aurait pu faire livrer un banquet, mais il était allé seul à la cuisine lui faire cuire un œuf, afin qu'elle se sente à l'aise. C'était de telles attentions que son personnel admirait en lui.

Le premier matin, Sara franchit la porte et trouva Heat assis au bord du lit de sa mère.

– Jonathon m'a apporté mon petit déjeuner au lit ! s'exclama Jessica, visiblement inquiète que sa fille s'imagine autre chose.

– Un œuf à la coque, se contenta de dire Sara.

– Avec une cuillère en argent! répliqua Jessica en agitant l'objet en argent massif.

Contrairement au dicton, Jessica et sa fille n'étaient pas nées avec une cuillère en argent dans la bouche. Chaque jour, Jonathon Heat fit apporter à Jessica un couvert gravé à ses initiales pour qu'elle sache que, désormais, elle aurait toujours une cuillère en argent dans la bouche. Jessica prétendit qu'elle avait fini par se lasser de ces cadeaux, et il est probable que Heat s'imaginait bien plus généreux qu'il ne l'était en réalité. Il était tellement riche qu'il avait perdu toute notion de l'argent.

Ce matin-là, Bernadette se trouvait dans le couloir quand Sara ouvrit sa porte. Bernadette s'immobilisa. Au lieu de se tourner vers elle et la chambre de sa mère, Sara regarda dans l'autre direction. Elle voyait sans doute quelque chose de très intéressant, voire d'inquiétant, car elle eut un petit hoquet et porta une main à sa gorge. Bernadette avait beau être en plein milieu du couloir, Sara semblait tellement fascinée qu'elle ne remarqua pas sa présence. C'était étrange, mais ce qui rendait l'incident particulièrement étonnant, c'est que là où regardait Sara, Bernadette ne voyait rien. Toutes deux restèrent longtemps immobiles. Bernadette essayait en vain de distinguer quelque chose. Lorsque Tom Woods, le chef de la sécurité, tourna le coin d'une démarche lourde acquise à force de séances de musculation, Sara tourna enfin la tête dans l'autre direction et découvrit la présence de Bernadette.

L'infirmière haussa les sourcils d'un air interrogateur.

Sara tendit les bras dans un geste d'impuissance.

– Bah, fit-elle tout bas derrière son masque.

– Bah, c'est tout ? demanda Bernadette.

Sara inclina la tête d'un côté comme pour dire : «Quoi d'autre ? » Puis elle partit comme si de rien n'était.

– Bah, répéta Bernadette, furieuse.

Elle regarda Sara se glisser dans la chambre de sa mère, puis appela Heat sur son portable pour le prévenir que la jeune fille était réveillée. Car une surprise l'attendait ce matin-là.

Bernadette avait remarqué la froideur des relations entre la mère et la fille. Elle se demanda si Sara n'était pas jalouse de sa mère. Car il y avait bien quelque chose que Sara ignorait. Heat avait déjà passé plusieurs nuits avec Jessica. Malgré son visage, il conservait un certain charme. Il était élégant, et les femmes l'appréciaient. Bernadette était habituée à juguler les émois sexuels que Heat déclenchait, et elle l'avait prévenu que sa relation avec Jessica était dangereuse car, même si Sara n'était pas au courant, elle risquait de sentir qu'il se passait quelque chose.

Heat décida donc d'apporter son petit déjeuner au lit à Sara, mais dans la chambre de Jessica, pour éviter que la mère pense qu'il s'intéressait maintenant à sa fille. Bernadette trouvait que l'affaire prenait une mauvaise tournure, mais Heat s'obstina. Quand il avait décidé quelque chose, rien ne pouvait l'arrêter.

Dix minutes plus tard, il surgit avec son inévitable entourage, l'un d'eux chargé d'un grand plateau. Bernadette se joignit à la cérémonie. Un employé frappa tandis qu'un autre tendait le plateau à Heat. Quand Jessica leur dit d'entrer, ils s'avancèrent tous en file indienne.

Bernadette fait un récit hilarant de ce petit déjeuner. En comptant Heat et son personnel, il n'y avait pas moins de sept personnes dans la chambre. Les employés se tenaient dans un coin, l'air gêné. Jessica était furieuse. Heat l'avait quittée au petit matin après lui avoir fait l'amour, et il avait oublié de la mettre au courant du cérémonial destiné à sa fille. Jessica était toute bouffie à cause du manque de sommeil, et elle n'avait pas eu le temps de se maquiller. De plus, elle mourait d'envie de faire pipi, mais ne pouvait sortir du lit car elle était nue. Bernadette, qui a un sens de l'humour parfois un peu cynique, trouvait ça très drôle.

– Se tortiller sous les draps pour s'habiller aurait été indigne d'elle, s'étouffa-t-elle de rire.

Cruellement, Sara, qui savait que Heat avait également des tendances anorexiques, insista pour qu'il déjeune avec elle. Tous deux s'assirent à une petite table près de la fenêtre. Mais ni l'un ni l'autre n'aimait manger en public et, par la suite, Bernadette retrouva des toasts beurrés par terre, où ils avaient chacun vidé discrètement leur assiette. Le fait qu'ils aient tous deux employé la même ruse l'amusa.

En fait, la surprise était terriblement embarrassante et Heat s'éclipsa rapidement, son entourage sur ses talons comme un serpent à plusieurs têtes. Jessica poussa un grand soupir de soulagement.

– Cet homme n'a aucun sens des convenances ! s'écria-t-elle.

Sara lui lança un regard noir, et Jessica décida de ne pas en dire davantage. Elle attrapa sa robe de chambre et fila à la salle de bains soulager sa vessie, prendre sa douche et se maquiller.

Avant de partir, Heat avait laissé à Sara un sac en papier brun sur la table. Elle y jeta un coup d'œil. Il était rempli de beaux fruits et légumes. Pour l'encourager à manger.

– Oh non ! s'exclama Sara, qui espérait un mets plus appétissant.

Mais, au fond du sac, elle trouva une grosse part de gâteau à la carotte. Heat pensait qu'elle adorait cela, et il savait qu'elle n'en réclamerait jamais. Il avait donc caché le gâteau avec l'espoir qu'elle le mange une fois seule.

Sara regarda ça d'un air ébahi.

– Une part de gâteau… Et pourquoi pense-t-il que j'aime le gâteau à la carotte ?

– Parce que tu le lui as dit, expliqua Bernie.

Sara tourna sa tête masquée vers elle.

– Ah bon ? Le pauvre Jonathon… S'il croit tout ce que je lui raconte… Je n'ai jamais le courage de lui dire autre chose que ce qu'il a envie d'entendre.

– Comme tout le monde, soupira Bernadette. Peut-être même que c'est ça son problème.

– Il aime le gâteau à la carotte. Il a souri quand je lui ai dit que moi aussi, j'adorais ça. Ça l'a rendu heureux.

Bernadette eut un sourire méprisant.

– Il faut beaucoup plus que du gâteau pour le rendre heureux.

Tout à coup, à la grande surprise de l'infirmière, Sara se leva, retira son masque et l'embrassa sur la joue.

– De vraies lèvres pour toi, Bernie, dit-elle avec un beau sourire.

Bernadette sourit encore à ce souvenir.

– Elle avait de l'amour à revendre, et elle n'avait jamais eu la possibilité de l'exprimer !

Discrètement, un ami lui tendit un mouchoir.

Sara s'approcha de la coiffeuse de sa mère et examina ses produits de maquillage. Elle dessina un trait de crayon sur sa main.

– Jonathon est si gentil..., dit-elle.

– Bien sûr, mais il est très maladroit aussi, lui suggéra Bernie.

– C'est vrai, mais je l'aime quand même, déclara Sara.

Elle était sincère, Bernadette n'en doutait pas. Les yeux de Sara pétillaient dès que Jonathon approchait.

– Comme au moins sept millions d'autres filles, lança Bernie.

Tout à coup, elle se souvint de la scène du couloir.

– Qu'est-ce que tu regardais tout à l'heure sur le seuil de ta porte ? demanda-t-elle. Tu ne m'avais pas vue ?

Sara posa brusquement le crayon à paupières. Elle semblait tout à coup soucieuse.

– Tu ne la voyais pas ? demanda-t-elle.

– Qui ça ? Il n'y avait personne.

Sara se tourna vers Bernadette, puis vers le miroir.

– Une fille. Je n'arrête pas de la croiser. Mais c'était la première fois que je la voyais là.

– Qui ça ?

– Je ne sais pas. C'est certainement un fantôme, puisque tu ne la voyais pas. Sans doute que je suis la seule à qui elle apparaît. (Sara s'empara d'un rouge à lèvres.) Je la reconnais toujours. Et c'est bizarre, parce qu'elle n'a pas de visage. Et puis, ajouta-t-elle en appliquant du rouge sur les lèvres du masque qu'elle portait : tu sais quoi ? Cette salope portait mes vêtements.

Sara dit ça tranquillement, comme si voir des fantômes sans visage vêtus de vos vêtements n'avait rien d'extraordinaire. Bernie était terrifiée. Tout à coup, cette calme matinée de printemps prenait une mauvaise tournure. À plusieurs reprises, elle avait senti des présences troublantes au manoir. Jusque-là, elle avait mis ça sur le compte des pratiques du docteur Kaye mais, tout à coup, Bernadette eut l'impression que les morts souffraient autant que les vivants dans cette demeure.

Cette idée lui glaça le sang. Le temps qu'elle se ressaisisse, Sara avait quitté la chambre. Bernadette lui courut après, mais Sara ne lui dit rien de plus.

– Tu sais quoi, Bernie ? Je ne crois pas aux revenants. De toute façon, même si j'y croyais, qu'est-ce que je pourrais faire pour eux ?

Sur ce, elle mit fin à la conversation.

Cette discussion troubla Bernadette, qui passa les jours suivants à tenter de repousser son départ pour la Jamaïque. Que Sara ait la vision d'une fille sans visage qui portait ses vêtements à quelques semaines de l'opération aurait suffi à alerter tout médecin digne de ce nom. Mais Heat lui rappela que seule sa signature permettait de débloquer les fonds en Jamaïque, et qu'il était trop tard pour modifier quoi que ce soit sans enterrer le projet. Bernadette dut se contenter de communiquer ses doutes à Kaye et Heat. Elle leur fit un rapport consciencieux, toutefois sans trop d'espoir. Bernadette n'avait jamais vu le docteur Kaye juger quelqu'un inapte à subir une opération. Elle s'envola pour la Jamaïque avec un sentiment d'inquiétude grandissant.

Mark

Sara avait si rapidement changé de vie qu'elle laissa des vides un peu partout – chez elle, dans les bars qu'elle fréquentait, les boîtes où elle allait danser. Heat l'avait introduite dans un monde de répétiteurs à domicile qui aurait fait rêver ses anciens profs, dans une vie de luxe que ses amis et sa famille ne connaîtraient jamais. Elle incarnait pour eux le souvenir de quelqu'un parti pour une contrée lointaine.

Mais il y a certaines choses que l'argent ne peut acheter. Une famille, par exemple. Ou des amis. Quoique. Sara n'avait jamais été si populaire qu'au manoir. Tout le monde l'adorait. Les membres du personnel, les designers, les agents, les producteurs et même les stars. Sa journée était tellement remplie qu'elle avait à peine le temps de s'asseoir. Pourtant, elle resta en contact avec Janet. Elle appelait ses nouveaux compagnons ses « amis de façade »: tout en apparence. Janet venait la voir dès que possible, mais elle préparait son examen de fin d'études, et Heat, plus jaloux que jamais, préférait qu'elle laisse Sara tranquille. Quand elle vint rendre visite à Sara, Heat les emmena faire du shopping ainsi qu'à des fêtes mais, tôt ou tard, les deux filles revenaient à ce qu'elles aimaient vraiment: traîner dans la chambre de Sara et bavarder en regardant la télévision.

Sans oublier que l'argent ne peut acheter l'amour.

D'après Mark, Sara n'était pas honnête quand elle racontait qu'il ne l'avait suppliée que pour mieux la larguer. Sa version est plus simple: il ne l'avait tout simplement pas rappelée après qu'elle l'eut finalement jeté.

– Elle n'arrêtait pas de me plaquer. Je n'en pouvais plus. Et quelques jours après, elle me téléphonait comme si de rien n'était. La dernière fois, j'ai dit non, tout simplement.

Un comportement typique d'amoureux.

Sara n'avait jamais été facile. C'était une personnalité très versatile. Un instant, elle s'accrochait à Mark, l'instant d'après, elle oubliait jusqu'à son existence. Mais elle jurait qu'elle l'adorait, ce dont Mark ne doutait pas. Les liens entre eux étaient puissants. À certains moments, il avait l'impression qu'ils formaient un seul et même être dans deux corps. Il attendait ce genre de moment comme un chien attend un os. Il en avait des étourdissements. Mais, l'un dans l'autre, Sara était la chose la plus délicieuse qu'il connaissait.

Pourtant, elle lui faisait peur. Ce n'était pas une petite amie de tout repos. Son anorexie, ses accidents, son ambition, sa grande force et sa terrible fragilité pouvaient la conduire à la gloire comme au désastre. Mark avait envie de prendre soin d'elle, mais Sara ignorait tout de sa faiblesse. Elle semblait voir un atout en l'autodestruction.

Mark n'apprit l'accident du fer à repasser qu'après la sortie d'hôpital de Sara, mais il en fut mortifié. Cela s'était produit environ une semaine après leur séparation et, même si Sara avait toujours farouchement nié qu'elle se mutilait, Mark était persuadé du contraire. Quelques semaines plus tôt, il l'aurait appelée sur-le-champ mais il se retint, parce que... Il ne savait pas pourquoi. Parce qu'une partie de lui voulait vraiment en finir avec Sara, et craignait que ça ne recommence entre eux. Parce qu'elle l'électrisait, qu'elle l'excitait, mais qu'elle lui faisait peur, aussi. Après son année sabbatique, il partirait pour l'université, et leur histoire trouverait là une fin toute naturelle...

Sans oublier la douleur. Car fréquenter Sara, c'était douloureux.

Quand il apprit qu'elle avait été enlevée par Jonathon Heat, il sentit ses cheveux se dresser sur sa tête. Sara s'était tellement éloignée de lui qu'il ne fallait pas non plus s'étonner. Mais Sara était une fusée de verre envoyée vers la lune : s'il y avait une faible chance qu'elle traverse le cosmos, elle ne manquerait pas de se briser en mille morceaux à l'arrivée. Jonathon Heat ! Mark comprit tout de suite comment Heat et Sara pouvaient être proches, mais aussi à quel point c'était dangereux pour elle : leur folie se ressemblait trop.

Il appela Jessica, sans résultat. Elle se montra très distante. Mark eut l'impression qu'elle lui en voulait de l'accident de Sara. D'ailleurs, lui-même se le reprochait. Jessica lui annonça malgré tout les opérations à venir.

Mark sentit le désespoir l'envahir. Ses craintes se réalisaient.

– Je pensais que vous étiez contre, protesta-t-il.

– C'est pour arranger sa cicatrice, répondit Jessica.

– Et c'est tout ? demanda-t-il, de plus en plus inquiet.

– En même temps, elle en profite pour faire refaire quelques petites choses. Puisque c'est Jonathon qui paie, pourquoi pas ?

Jonathon ! L'homme aux cent visages, l'homme sans visage. La dernière personne sur terre que Mark souhaitait voir auprès de Sara. Et Jessica qui prononçait ce nom comme si c'était un délicieux gâteau au chocolat…

– Mais Jonathon Heat est fou, tout le monde sait ça.

– Il la traite bien, voilà tout ce que je sais. Bon, je dois y aller, l'interrompit Jessica.

Et elle raccrocha.

Mark réfléchit longuement. Il tenta d'appeler Janet qui était sortie. Il avait envie de téléphoner à Sara, mais sa situation avait tellement changé. Tout cet argent, cette célébrité ! Sara n'aurait pas envie de voir ressurgir son passé. Pour finir, l'amour et l'inquiétude eurent raison de lui. Mark composa son numéro. L'instant d'après, Sara était à l'autre bout de la ligne, aussi proche que si elle se trouvait dans la pièce voisine. Comme si c'était hier.

« J'étais terrorisé, car j'étais certain qu'elle se montrerait glaciale mais, au contraire, elle a été ravie que je l'appelle. Elle en était vraiment heureuse. Elle aussi, elle voulait m'appeler. Cela m'a fait vraiment plaisir d'entendre ça. Je me souviens du soulagement qui a suivi. Je n'en revenais pas de mon bonheur. Je me suis regardé dans le miroir, et j'avais un grand sourire idiot sur le visage. »

Mark a fait une imitation de ce grand sourire idiot. Amoureux jusqu'au bout des ongles.

En moins d'une minute, Sara lui parlait de ses projets. Et elle lui proposa de venir travailler au manoir.

– Mais j'ai déjà un boulot, dit-il.

– Au Pizza Hut…

– Oui, et alors ?

– Ça n'a rien à voir.

– C'est quoi ce boulot ?

– Je ne sais pas. Mais Jonathon a dit que si un de mes amis voulait un travail, il lui en procurerait un. Il fait ça souvent, il est très généreux.

Mark faillit ricaner, mais il se retint.

– Et vous deux…, commença-t-il.

– Quoi ?

– Tu vois ce que je veux dire.

– Non, je ne vois pas. Qu'est-ce que tu veux dire ?

– Est-ce que… vous couchez ensemble ?

– Moi, coucher avec Jonathon Heat ? explosa Sara. Tu rigoles ! C'est un vieux ! Il tombe en loques !

– Les journaux racontent que…

– Les journaux ! Mark, je t'en prie !

Les magazines people ne cessaient d'évoquer Sara et Heat. Mark pensait notamment à une photo où leurs visages masqués étaient très proches. Sara avait une jambe posée sur la hanche de Heat, et il la tenait sous le genou. Il y avait beaucoup d'autres photos, mais ce cliché était resté imprimé dans la tête de Mark.

– La photo où vous vous embrassez.

– On ne s'embrasse pas. On portait des masques. On ne peut pas embrasser avec un masque. Ma bouche n'était pas contre la sienne.

– Ça semblait tout de même très près.

– C'était juste pour s'amuser. On tend des pièges aux photographes. C'est drôle, c'est tout.

– Moi, je pense que Heat prend ça au sérieux.

– Sans doute qu'il aime l'idée de croire qu'il sort avec quelqu'un comme moi. Mais c'est un jeu. Tu m'imagines avec lui ? Beurk ! Non, merci.

Mark reprit :

– Je sais qu'on n'est plus ensemble. (Il attendit que Sara le contredise, en vain.) Mais cela me fait mal d'imaginer que tu couches avec lui, tu comprends ?

– Eh bien, je ne couche pas avec lui.

Mark prit une grande bouffée d'air.

– Tu me laisses le temps de réfléchir à ta proposition ?

– Bien sûr. Ensuite, tu n'auras plus qu'à accepter.

– Bon, d'accord.

– Génial ! Oh Mark, on va tellement s'amuser !

Sara régla l'affaire le jour même. Heat proposa à Mark un poste à la sécurité, et Mark partit le lendemain pour le Cheshire.

Sur la route entre Manchester et le manoir, situé aux confins du district de Peak, Mark sentit son inquiétude croître. Les idées tourbillonnaient comme des mouches dans sa tête. Pourquoi Sara n'avait-elle pas dit à Heat que Mark était son ex, mais juste un ancien camarade qui traversait une période difficile ? Elle avait prétendu ne pas vouloir rendre Heat jaloux. Mais à quoi bon, puisqu'elle ne sortait pas avec lui ?

Sans oublier la célébrité et la fortune de Heat. Comment se comportait-on avec une personne qui apparaît dans tous les journaux, après avoir entendu des centaines d'histoires et de blagues sur lui ? Heat avait presque cessé d'être humain. C'était ridicule, mais c'est ce que ressentait Mark.

En atteignant la propriété, il se sentait très mal à l'aise. Le manoir était étrange, comme toutes les maisons de campagne appartenant à des rock stars. Au premier abord, le parc semblait dater de plusieurs siècles. Il y avait des troupeaux de biches, des chênes qui déployaient leurs longues branches et des haies bien taillées pour séparer les pâturages. Un étang, des allées de tilleuls, des buissons et un potager. Mais tout à coup, on découvrait une girafe au sommet d'un arbre ou une rangée de cerisiers bleus et jaunes, une pelouse rouge, une main géante en aluminium. Il y avait des sculptures dans tous les coins. Heat semblait avoir un faible pour les géants brisés et les statues sans bras ou la tête fendue. Dans un champ, des vaches broutaient au milieu d'immenses ustensiles de cuisine : des passoires, des saucières, des couteaux et des fourchettes, des presse-purée, etc. Qui, tous, rouillaient dans l'herbe.

Et puis la bâtisse... Un manoir, c'était un bien faible mot. Il s'agissait plutôt d'un château. Tout cet argent... Mark avait l'impression d'être un lilliputien en train d'escalader le corps de Gulliver.

Quand il se présenta, on lui annonça qu'il serait reçu dans la bibliothèque. Il s'imagina des murs couverts de livres reliés de cuir, de vieux escabeaux et des toiles d'araignée dans tous les coins.

L'instant d'après, il se dit qu'il allait au contraire se retrouver dans une pièce remplie de papillons, au milieu d'un élevage de chats ou bien dans un studio d'enregistrement. L'employé l'invita à le suivre. Mark sentit un courant d'air frais (l'air conditionné y fonctionnait en permanence) et, à sa grande surprise, la bibliothèque était telle qu'il se l'était d'abord imaginée. Il y avait des livres partout. Il ne manquait que les toiles d'araignée : la pièce, tout comme le reste de la maison, était impeccable.

Mark parcourut les étagères où se trouvait tout une collection de vieux livres reliés en cuir odorant. Il attrapa un lourd volume qu'il ouvrit sur une table. C'était un atlas très ancien dont l'une des cartes datait de 1701. D'après ce qu'il put voir, il s'agissait de cartes de l'océan Indien dessinées à la main.

– Il faut porter ceci pour manipuler ce livre, dit tout à coup une voix.

Mark se retourna brusquement. Derrière lui, tenant à la main une paire de gants en coton blanc, se trouvait Jonathon Heat en personne.

– Je suis désolé… Je ne savais pas…, bredouilla Mark, pris au dépourvu.

Il s'attendit à que Heat ajoute quelque chose mais, en réalité, ce n'était pas lui qui avait parlé. Il était suivi par deux hommes en costume noir.

– Ne vous inquiétez pas, monsieur, je m'en occupe, dit l'homme qui avait déjà parlé.

Il prit avec déférence les gants des mains de Heat et ferma le livre après avoir vérifié qu'il n'était pas endommagé.

Mark fit une grimace gênée à Heat.

– Désolé, je ne savais pas que cet ouvrage avait autant de valeur.

Heat n'avait toujours pas parlé. Il se tenait parfaitement immobile, sa tête masquée un peu inclinée, observant Mark comme s'il lisait dans son esprit, et qu'il prenait son temps pour décider ce qu'il allait dire.

Comme beaucoup d'autres avant lui, Mark jugea sa première rencontre avec Heat surréelle. Il portait un froc et un jean à motif cachemire, ainsi qu'une large cravate en denim ornée d'une reproduction du

Christ crucifié. Exactement l'accoutrement qu'il avait sur scène. Mais chez lui.

« Les gens discutent sans fin de la tenue des célébrités, déclara ensuite Mark. Jusque-là, j'avais toujours trouvé ça stérile mais, quand j'ai vu ses vêtements, j'ai compris. On aurait dit un paquet cadeau, tellement tout était parfait – la coupe, le tissu, tout. C'était vraiment bizarre. »

Mais le plus bizarre, c'était son masque. Ne pas voir le visage de son interlocuteur lui donnait un aspect indéchiffrable, à croire que Heat s'était transformé en une espèce de robot, un robot avec des sentiments, certes, mais allez savoir lesquels. Sans compter que la texture du masque ressemblait tellement à de la peau que Mark pensa tout de suite, comme Sara, qu'il s'agissait bel et bien de tissu humain.

On a beaucoup spéculé sur l'origine de ce masque. Mais, comme nombre de possessions de Heat, il disparut dans l'incendie qui ravagea les lieux quelques semaines plus tard.

Heat resta longtemps immobile. Il observait Mark comme si ce dernier était un poisson dans un aquarium. Mark rougit, sans réussir à le regarder en face. Puis il se dit : « Et merde ! Ce n'est qu'un homme », il releva la tête, et scruta les yeux par les trous du masque.

Heat n'attendit pas l'affrontement. Il fit un signe de tête à l'homme qui avait rangé le livre, puis avança vers Mark, s'approchant d'un peu trop près, si près qu'il put sentir son odeur : un mélange de parfum capiteux, d'antiseptique et un soupçon de viande avariée.

– J'espère que vous serez gentil avec elle, déclara-t-il.

– Bien sûr, répondit Mark d'une voix qui, à son grand agacement, était un peu trop aiguë.

Il se demanda ce que Heat savait réellement de leur relation.

Heat hocha la tête, puis tourna les talons et sortit. Ni bonjour, ni au revoir. Il avait simplement donné ses instructions.

– Bon, dit l'un des types d'un air satisfait. M. Heat tient toujours à accueillir lui-même ses nouveaux employés. Veuillez me suivre, maintenant.

Il se tourna vers la porte de la bibliothèque et lui montra l'escalier.

Le pauvre Mark était déboussolé. Sara allait-elle se comporter de la sorte avec lui ? Qu'avait-elle dit à Heat pour qu'il se conduise ainsi ? Mais Mark se faisait du souci à tort. Dès que Sara le vit, elle courut vers lui, se jeta à son cou et enfouit la tête dans son épaule.

– Tu es là, tu es là, c'est génial ! s'écria-t-elle.

Le cœur de Mark s'emplit de joie. Il pensa : « La vie n'est-elle pas formidable, si on se sent comme un roi juste parce que quelqu'un est content de vous voir ? » Il la prit dans ses bras et l'embrassa très fort.

Puis Sara se mit à lui raconter tout ce qu'elle faisait: ses photos avec Tiffany Gray, ses cours de théâtre, de chant, de danse... Tout ça paraissait merveilleux. Elle semblait très heureuse, à tel point que Mark se sentit envahi de tristesse. Sara vivait très bien sans lui. Il n'avait jamais su à quel point son ambition était réelle, mais ses rêves étaient devenus réalité, et Mark existait d'autant moins à ses yeux.

Quand elle commença à parler de chirurgie, il ne put cacher ses sentiments. Sara eut un haussement d'épaules impatient.

– De nos jours, il faut en passer par là, déclara-t-elle.

Mark haussa à son tour les épaules.

– Les poupées sont en plastique, pas les gens vrais.

– Ne me traite pas de poupée.

Mark savait qu'il aurait mieux fait de se taire, mais ce fut plus fort que lui.

– Ma poupée, je pense juste que..., commença-t-il.

– Ce n'est plus tes affaires, l'interrompit-elle.

– En tant qu'ami, je pense que c'est une très mauvaise idée.

D'un air de défi, Sara lui dressa la liste des changements prévus. Mark écoutait, de plus en plus effrayé. Le menton, le nez, les sourcils. Puis elle parla des seins. Là, il vit rouge.

– Tu es stupide, dit-il.

Plus tard, il déclara : « D'une certaine manière, je considérais qu'ils m'appartenaient. »

– Ce n'est plus tes affaires, répéta Sara, furieuse.

– Tu perds toute sensation dans les seins, dit-il d'une voix plaintive.

– Ça, c'est encore moins tes affaires, lança-t-elle.

Elle semblait ne pas savoir si elle devait rire ou se fâcher. Mark ne voulait surtout pas d'une dispute, alors il eut recours à une astuce qui marchait toujours avec Sara : il la fit rire.

Il désigna ses seins et se mit à chanter : « Mais ce sont ces seins qui font de moi un homme. »

Sara sourit, lui tendit les bras et l'embrassa à nouveau. Ils restèrent face à face plus longtemps que nécessaire. Mark se surprit à jeter un coup d'œil à l'immense lit.

Sara comprit son regard et éclata de rire. Puis recula.

– Jonathon serait furieux, s'il l'apprenait, dit-elle.

– Je croyais que tu ne faisais rien avec lui ?

– Mais non ! De toute façon, il ne s'intéresse même pas à moi. Il est gentil. C'est un peu comme un père. Il est très protecteur. Ce n'est pas parce qu'il est une rock star qu'il saute toutes les filles qu'il veut.

– Tu crois ça ?

– Mais oui !

– Dans ce cas, pourquoi ça le mettrait en colère ?

– Il serait jaloux. Par principe. Il est très protecteur, je te dis. Et un peu décati, aussi.

Mark effleura la cicatrice triangulaire sur la joue de Sara. Elle lui lança un regard de défi.

– C'était un accident, protesta-t-elle. Combien de fois il faudra que je le répète ? Je suis tout le temps obligée de dire que je ne l'ai pas fait exprès.

Comme les autres accidents.

L'un dans l'autre, ce furent des retrouvailles heureuses. Le soir même, ils dînèrent avec Jonathon et Bernadette, laquelle partait le lendemain, et Heat fut très gentil. On n'aurait jamais deviné que c'était l'homme apparu si menaçant le matin. Il raconta des histoires de célébrités, parla de musique, de sa vie et des gens incroyables qu'il avait rencontrés. Il quitta Mark en bons termes, même s'il lui signifia clairement que, désormais, ce dernier allait être très occupé.

– Je paie bien, mais il faut mériter son salaire, Mark.

– Je suis capable de travailler dur.

– Il va y avoir beaucoup à faire. Nous donnons une grande fête, vous savez ? Pour le lancement de Sara. Elle ne sera pas disponible. J'ai débauché des gens de la sécurité pour qu'ils aident aux préparatifs. Tom aura besoin que vous fassiez de longues journées, je le crains.

Mark lança un regard à Sara pour voir sa réaction à l'idée de le voir peu. Elle lui fit un sourire très énigmatique.

Le lendemain, Mark fut présenté à son nouveau patron, Tom Woods, et entama sa première journée de travail au manoir.

Sara, 23 mai 2005

Sara est assise en tailleur sur son lit à baldaquin, rideaux tirés. Elle porte un masque de Jonathon Heat qu'elle a maquillé de façon à ce qu'il paraisse furieux, les sourcils haussés, des étincelles autour des yeux, la bouche tordue en une horrible grimace. Le masque est maquillé et décoré avec des mouches en plastique, une vieille guirlande et un tatouage de femme obèse.

C'est fini. Avec Jonathon Heat. Ce sale vieux aux mains baladeuses qui vous volerait le visage d'un baiser ! D'abord, il pue de la gueule. Et puis, il y a une drôle d'odeur qui se dégage de son masque.

Mais j'ai pas envie de parler de ça.

Qu'il pue, c'est pas sa faute, mais le truc qui pue vraiment, c'est qu'il est injuste. Il a annulé notre duo. Après tout ce travail ! Toutes ces semaines passées à m'amadouer, il faisait semblant. Il n'y en a que pour lui. À moins qu'il me trouve nulle, et qu'il ait fait ça juste par gentillesse. Vous savez, comme quand on emmène les enfants au zoo pour leur faire plaisir. Voilà ce que je suis, une bonne cause. Merci de vos dons, c'est total pathétique. La pauvre fille, elle s'imagine qu'elle peut chanter. Sara souffre de l'illusion qu'elle peut faire carrière. Ne vous moquez pas. Soyez gentils, avec elle, elle n'a pas de talent. Aidez-la, la pauvre.

Elle fond en larmes et se prend la tête entre les mains.

On était géniaux, tous les deux. J'ai la vidéo. Ou plus exactement, je l'avais. Parce qu'hier, il m'a dit que toutes les copies avaient été abîmées et qu'il devait m'emprunter la mienne, mais il ne me l'a pas rendue. Il y a eu un problème. Devinez lequel ? Il l'a laissée tomber dans son bain ! Vous y croyez, vous, à un truc pareil ? Le salaud. Il avait peur qu'elle soit piratée, oui ! Et par qui ? Par moi, bien sûr ! On voit comment il me fait confiance. Mais je m'en fous. Ce qui me fait le plus mal, c'est ce duo. Tout le monde devait voir ça, toutes les stars. Vous avez déjà lu le récit de ses fêtes dans les journaux. C'est archi people. Vous faites un duo avec Jonathon Heat, et vous devenez une méga star dans la soirée ! Tout le monde parle de vous, se demande qui vous êtes. En plus, j'étais plutôt bonne. D'accord, pas aussi bonne que lui, mais il fait ça depuis des années. Et puis, j'ai une très jolie voix. Tout le monde me le dit. Et je bouge bien, aussi. J'ai un beau corps. Quoique. Peut-être que c'est ça, le problème. Qu'il me trouve trop grosse. Moche. Merde, comment on peut être moche avec un masque ? Même moi, j'y arrive pas !

Ça doit être mon poids. La grosse dondon de l'histoire, c'est moi.

Elle soulève son masque et montre les dents. Elle veut rire, mais les larmes coulent sur ses joues.

Ses conseillers lui ont dit que se produire avec une fille de mon âge qui va subir une opération de chirurgie esthétique, c'est mauvais pour son image. Et une mauvaise image, ça, il ne peut pas supporter. Il n'aime pas ça, vous comprenez. Ça risquerait de lui faire des cheveux blancs.

Peut-être que c'est vrai. Que quelqu'un comme lui doit faire attention. Regardez ce qui est arrivé à Michael Jackson. Et peut-être que la vidéo a vraiment été abîmée par accident. Ou alors, il est total parano...

Pourtant, c'est jamais de sa faute, c'est toujours ses conseillers. Il se plie à tous leurs désirs. Ce pauvre Jonathon, ses conseillers l'empêchent de faire ce qu'il veut ! N'importe quoi. Personne n'aurait vu mon visage sous le masque. On aurait fait la paire, tous les deux.

Elle rit.

J'attendais ça avec tellement d'impatience.

Elle porte ses mains à son visage et recommence à pleurer puis, dans un accès de colère, frappe l'oreiller avec ses poings.

Salaud, salaud, salaud !

Sara se plante devant un miroir et s'observe. Elle trace un trait rouge sur le masque avec un rouge à lèvres, qu'elle jette ensuite sur son lit.

Il faut que je vous dise, aussi. On me surveille ! Partout. Même ici, dans ma chambre. Tous les jours, j'inspecte mon lit à la recherche des micros. Vous vous dites que je suis folle. Sans doute. Quoique... Je ne sais plus rien...

Elle continue à maquiller grossièrement le masque puis jette un nouveau coup d'œil à la caméra et l'éteint.

La fête

À l'instant où il passa du rang d'invité à celui de membre du personnel, Mark ne vit presque plus Sara. Heat, au contraire, ne la quittait pas. Ils travaillaient ensemble, ils sortaient dîner ensemble, ils allaient faire des courses ensemble. Voire au massage ensemble. Mark savait tout ça parce qu'il était en contact avec Sara par textos et téléphone. Elle ne lui disait jamais avec qui elle était, juste où, mais avec qui d'autre serait-elle allée chez Tiffany Gray, ou déjeuner à Paris, dîner à Heathcote et faire des courses chez Vivienne Westwood ? Il fallait croire que Heat lui avait acheté la moitié des boutiques de Manchester. Les rares fois où Mark apercevait Sara, c'était de loin, en train de s'amuser avec Jonathon Heat. Ça le rendait malade.

Il essaya de se persuader qu'être son ami lui suffisait, mais son cœur lui rappelait sans cesse le contraire. Même si Sara ne couchait pas avec Heat, le fait qu'elle soit tout le temps avec lui faisait souffrir Mark. Il se répétait que c'était pour sa carrière, qu'il ne pouvait le lui reprocher. Qui refuserait de manger dans les meilleurs restaurants, de descendre dans des palaces et de rencontrer des stars ? Malgré tout, Mark se sentait mal. Il passait ses journées à tourner en rond comme un animal blessé.

Le boulot que Heat lui avait offert n'était pas désagréable. Le système de sécurité du manoir était l'un des plus sophistiqués au monde, mais ce pauvre Tom Woods, le responsable, n'y comprenait rien. C'était un type qui travaillait à l'ancienne. Il préférait parcourir les couloirs avec une lampe torche ou rester dans un petit bureau avec un Thermos à regarder la télé en jetant un vague coup d'œil aux caméras de surveillance. Il ignorait tout de la programmation informatique. Depuis l'installation du système, il se contentait de faire gérer les caméras de surveillance, les lumières et les portes par le poste de contrôle. Pourtant, la machine pouvait commander toute la maison à condition d'être programmée. Car il n'y avait pas que la sécurité en jeu : le système contrôlait aussi toute l'électricité.

Mark commença par des petites tâches de routine : aller inspecter le parc, puis faire un rapport. Mais, comme il avait pour projet des études d'informatique, il mourait d'envie de s'attaquer à la programmation du système. Il y avait pourtant un obstacle : Woods refusait.

Jonathon Heat et Tom Woods se connaissaient depuis très longtemps. Woods était tourneur à l'époque du premier groupe de Heat, les Loose Trade. En général, Heat accédait toujours aux requêtes de Woods, or ce dernier refusait qu'on modifie le système de sécurité. Comme il ignorait tout de son fonctionnement, il ne lui faisait pas confiance. Il préférait ne rien changer, de peur de tout dérégler. Sans oublier qu'il détestait qu'on pointe son ignorance du doigt. Or, c'était justement ce qui risquait d'arriver avec Mark. Mais grâce à l'intervention de Sara, Heat alla pour une fois contre la volonté de son ancien camarade. Woods protesta mais, en quelques heures, Mark avait déjà programmé le système pour qu'il allume automatiquement les lumières et que les caméras suivent les déplacements des gens dans les couloirs comme des yeux de caméléon. Woods était furieux. Mark s'était fait un ennemi, mais il s'en moquait : il s'amusait comme un petit fou. En une journée, il avait réglé les caméras une par une et mis en service des infrarouges dont Woods ignorait même l'existence.

Ni Heat ni Woods n'avaient mesuré le pouvoir que Mark venait d'acquérir. Il pouvait suivre n'importe qui dans toute la maison. Ce qui lui faisait très envie. Sauf qu'il était trop honnête. En fait, il lui fallut beaucoup de volonté pour ne pas espionner Heat et Sara : ce n'étaient pas ses affaires. Il préférait ne pas savoir.

Le reste de son boulot consistait à arpenter la propriété pour vérifier la fermeture des fenêtres, etc. C'était simple, la paie était bonne, mais son salaire compensait-il sa frustration ? Mark se sentait humilié et seul. Au bout de quelques jours, il pensait déjà à démissionner et à rentrer chez lui. Mais il y avait cette grande fête, qu'il ne voulait pas rater. Quand Heat organisait ce genre d'événement, tout le monde mettait la main à la pâte. Il avait déjà été affecté au service en salle. Il était en possession de son costume et de son emploi du temps. Les fêtes de Heat était réglées avec une précision militaire pour, justement, paraître spontanées.

Mark décida de rester jusqu'à la fête et de partir le lendemain. Ainsi, il aurait une chance, même mince, de dire au revoir à Sara.

Bien que la fête eût été préparée dans le plus grand secret, il y avait eu des fuites vers la presse. Le jour J, les paparazzi s'agglutinèrent à la grille et dans les arbres pour prendre les stars en photo. Le lancement de Sara était aussi un secret, mais les journalistes en avaient eu vent, et Heat se sentit dans l'obligation de faire une mise au point : il expliqua qu'il l'avait prise sous son aile, et précisa qu'ils n'étaient qu'amis. Sara était furieuse. Elle s'apprêtait à devenir une star, elle n'avait besoin d'aucun soutien. À croire qu'elle était handicapée ! Elle raconta à Janet que Heat avait orchestré la fuite pour lui couper l'herbe sous le pied. Elle était furieuse. Il n'était plus du tout question de son lancement. De façon insidieuse, la fête avait tourné à une célébration à la gloire de Heat.

Ses fêtes étaient légendaires, et celle-ci ne devait pas échapper à la règle. Il y avait un buffet digne d'un banquet médiéval – un cygne géant de deux mètres de long taillé dans la glace, des poulets assemblés pour former un lézard, des saumons comme un banc de poissons qui remontait le courant des tables, des salades qui semblaient juste cueillies, un gâteau au chocolat de cinquante kilos couvert de masques de Heat, des bonbons en provenance de toutes les contrées du monde. Les salles étaient décorées de bouquets extravagants, et des groupes célèbres venaient jouer. Tout le monde était habillé comme pour un bal de princesses, et les grandes stars se mêlèrent aux amis et à la famille de Sara comme s'il s'agissait de lointains parents. Ils se montrèrent aimables, même ceux qui, d'habitude, étaient hautains avec le « petit peuple ». Heat y avait veillé.

Sara était ravie de voir toutes ces stars, mais elle était gênée par la façon dont on la considérait. Tout le monde était poli avec elle, mais elle se sentait étrangère à ce monde. Elle avait l'impression d'être une œuvre de charité.

« Ils me traitent tous comme si j'étais quelqu'un de banal », se plaignit-elle à Janet.

Elle était également gênée par la présence de sa famille et de ses amis car, l'alcool aidant, ceux-ci se mettaient à désigner les stars du doigt avec des petits cris aigus qu'ils cherchaient à peine à dissimuler. Certains essayèrent même de prendre des photos, ce qui était interdit, et ils tournaient « comme des mouches » autour des buffets, dit Sara.

Mark était coincé derrière l'une des grandes tables. Au milieu de la soirée, il avait toujours à peine vu Sara. Il l'apercevait parfois un instant dans la foule. Certains de leurs amis communs étaient venus lui parler. De toute évidence, Heat soupçonnait qu'il y avait entre eux deux davantage que ce qu'avait révélé Sara, et il tenait Mark à bonne distance. Ils avaient même eu des mots quelques jours auparavant, quand Heat avait surpris Mark et Sara en train de parler dans un couloir.

– Mark, je ne demande pas grand-chose en échange des avantages énormes que j'offre pour travailler ici, mais...

Heat avait ensuite suggéré poliment mais fermement que le personnel, Mark aussi, n'approche pas les invités, Sara y compris.

« Oui, monsieur, bien monsieur, allez vous faire foutre monsieur ! »

Mark était furieux. Il s'en était plaint à Sara sur son portable – un canal que Heat ne pouvait contrôler – mais elle ne semblait pas s'en soucier. Heat était jaloux et habitué à ce qu'on lui obéisse, il faisait des caprices, mais Mark ne devait pas y prêter attention, avait-elle répliqué. Il en avait déduit qu'elle ne souffrait guère de ne pas le voir.

Vers neuf heures et demie, Cheyenne des Lovely Girls grimpa sur une chaise pour annoncer qu'elle venait enfin de convaincre Heat de chanter pour ses invités. Tout le monde applaudit en riant – on savait bien que c'était prévu depuis des semaines.

« Mettez vos masques ! » aboya Cheyenne.

Le personnel apparut avec des boîtes remplies de masques de Heat. Tout le monde se couvrit le visage pendant que Heat entamait le premier morceau de la *Night of the Mask, Who we Baby*. Le personnel était déjà masqué pour éviter d'avoir à se servir dans les mêmes boîtes que les invités. Comme tout le monde, Mark était paré. Mais il avait un autre plan. C'était sa dernière soirée au manoir, il n'avait plus rien à perdre. Il voulait voir Sara, et il voulait qu'elle le reconnaisse.

Quand tout le monde eut mis son masque, les lumières s'éteignirent, les spots éclairèrent le centre de la salle, et Heat surgit avec sa casquette, son écharpe en cachemire bleu, sa courte veste en cuir et se mit à chanter.

Ce garçon n'est pas ton homme,
Ce garçon est un petit enfant solitaire
Il n'a rien à cacher
Sois moi, porte-moi, mange-moi.
Derrière mon visage, mes pensées secrètes
Sont visibles de tous
Ce que nous sommes
C'est ce que je suis
Toi et moi
Nous le sommes.

Personne n'avait le droit de sortir pendant que Heat se produisait, y compris le personnel. Tout le monde devait assister au spectacle. Mark resta dans le fond de la salle, même s'il dut se mettre sur la pointe des pieds pour apercevoir Heat. « Pas mal pour un vieux », pensa-t-il. En fait, ce type était fascinant. Mais pour Mark, il y avait quelqu'un d'encore plus fascinant dans la salle. Il savait que Sara était furieuse d'avoir été reléguée au rang de spectatrice. Peut-être pouvait-il en profiter pour se glisser auprès d'elle et lui dire au revoir? À moins, car il y pensait encore, qu'elle trouve alors un solide argument pour le convaincre de rester.

Sara elle aussi était loin de la scène. Il faisait noir, elle portait son masque et des vêtements que Mark n'avait jamais vus, mais il la connaissait si bien – sa silhouette, sa gestuelle, sa façon de tenir sa tête – qu'il l'aurait repérée dans n'importe quelle situation. Elle était plus belle que jamais, même de dos. Mark attendait le moment de passer sous une table pour la rejoindre, mais elle se retourna tout à coup, comme si elle sentait son regard sur elle. Elle lança un rapide coup d'œil à Heat, puis quitta la foule et se dirigea vers la table de Mark.

Il décida de faire comme s'il ne l'avait pas reconnue.

– Je peux vous aider, madame? demanda-t-il en inclinant la tête.

Sara fronça les sourcils.

– Tu n'as pas de masque.

– Si, rétorqua-t-il.

– Et où?

– Là, dit Mark, en montrant le bord de son visage: il portait en effet un masque. Mais il en avait découpé le centre, si bien que seuls restaient les bords, tandis que son visage était visible.

Sara éclata de rire. Elle adorait ce genre d'effronterie.

– Mais ce n'est pas un masque ! protesta-t-elle.

– C'est le masque d'un masque.

– Et c'est quoi, le masque d'un masque ?

– C'est un masque qui masque un autre masque.

– Et dans ce cas, où est l'autre masque ?

Mark lança des coups d'œil autour de lui comme si c'était un grand secret, puis souleva le découpage et tapota son propre visage.

– Ici.

Sara rit à nouveau.

– Tu ne peux pas mettre un truc pareil, c'est affreux. Si j'étais toi, je me ferais rembourser la marchandise.

Mark sourit en silence. Ils s'observèrent d'un côté de l'autre de la table.

– Je vous connais, non ? dit-elle.

Le cœur de Mark se mit à battre la chamade. Ce n'était pas la première fois qu'ils refaisaient la scène de leur rencontre. C'était entre eux un petit jeu de séduction.

Il fit un signe de tête poli.

– Je ne crois pas, madame. Je suis juste employé ici, vous savez.

– Vous ne faites pas correctement votre travail. Si vous êtes surpris comme ça, vous serez viré.

Il haussa les épaules.

– Et si vous retiriez ce masque pour me montrer votre véritable masque en dessous ? lança-t-il.

– Quoi ? Pas ici ! protesta Sara, comme si le fait d'enlever son masque était pire que de se déshabiller.

Mark observa Sara. Elle portait une robe de créateur, le genre de vêtement onéreux que seul Heat pouvait lui offrir. Jusque-là, Mark n'avait jamais compris l'intérêt de dépenser de l'argent en vêtements, mais il n'avait alors vu ces habits qu'en photo. Dans la réalité, c'était très différent. Ces vêtements ne révélaient pas ce qu'ils cachaient, ne laissaient même rien deviner, mais ils donnaient très envie de voir. C'était le genre d'habit qu'on a juste envie de retirer.

Il lui sourit. Sara le regarda sans rien dire. Elle enfouissait des feuilles de salade dans sa bouche en les glissant sous son masque. Mark se dit que retirer ce masque et l'embrasser équivaudrait à la mettre nue.

Il se sentit tout à coup plein de timidité. En présence de Sara, il ne pouvait s'empêcher de la désirer. Mais cette fois, c'était pire que jamais.

Elle lui tendit les bras.

– Tu veux danser ? proposa-t-elle.

– Je ne peux pas.

– Pourquoi ?

– Je fais partie du personnel.

– Et alors ?

– Le personnel n'a pas le droit de danser avec une Sara. Ce sont les ordres.

Elle haussa les épaules.

– On pourrait danser ailleurs, suggéra Mark.

– Il faudrait un endroit où l'on soit tout seuls.

Le sang battait dans les tempes de Mark. Ils faisaient allusion à une danse qui, en général, n'avait pas lieu debout.

– Si on était seuls, avança-t-il prudemment, est-ce que tu danserais avec moi ?

– Comment on pourrait être seuls ? Il y a des caméras partout.

– Si les caméras étaient éteintes ?

– Et comment on saurait qu'elles sont éteintes ?

– Moi, je peux le savoir. Je fais partie de la sécurité, tu sais.

– Moi aussi, il faudrait que j'en sois sûre.

Mark réfléchit.

– Si on était seuls dans le noir, les caméras ne pourraient pas nous voir.

Sara, crut-il, eut une sorte de petit hoquet. Peut-être que sa mâchoire se décrocha légèrement. Mark n'en était pas sûr. On ne pouvait rien voir sous ce masque.

– Seuls dans le noir ? Et quel genre de danse ça serait ?

Mark sourit.

– Ça dépend. On n'aurait pas beaucoup de temps, de toute façon.

– Pas une très longue danse, alors.

– Désolé, pas cette fois. Il faut que je reprenne l'entraînement. Je me suis un peu négligé, ces derniers temps.

Ils étaient dans leur monde, mais le charme fut rompu par une salve d'applaudissements quand Heat finit son show. Sara se retourna. Heat cherchait quelqu'un des yeux : Sara.

– Peut-être que si on était seuls dans le noir, je danserais avec toi, dit-elle. Mais je n'en suis pas sûre. De toute façon, il n'y a aucune chance pour que ça arrive, n'est-ce pas ?

Elle fit un sourire contrit et rejoignit la foule avant que Heat remarque son absence.

Heat était entouré de gens mais, comme s'en doutait Sara, c'est elle qu'il attendait. Il la fit entrer dans son cercle et pressa son masque contre le sien, comme s'il l'embrassait. Il avait souvent fait ça mais, cette fois, sa langue toucha les lèvres de Sara. Personne ne l'avait vu. Puis Heat se détourna et fut englouti par la foule.

C'était la première fois qu'il osait. Sous les yeux du public, mais en secret – typique de Heat. Son masque était splendide, mais Sara n'arrivait pas à oublier ce qu'il y avait dessous. Juste après sa discussion avec Mark… Sara dut lutter contre un fort désir d'aller se laver les lèvres.

Soudain, toutes les lumières s'éteignirent. La salle fut plongée dans le noir, tout s'arrêta : la musique, les fontaines de vin et de chocolat. Il y eut un instant de confusion.

– Pas de panique, mesdames et messieurs. Tout va être réparé dans quelques minutes, annonça une voix.

Des faisceaux de lumière apparurent comme le personnel allumait des lampes torches. Sara ne remarqua pas l'une d'elles qui se rapprochait. Mais elle sentit qu'on la prenait par le coude.

– Une danse ? dit la voix.

– Oh, c'est toi ?

Mark la prit par la main.

– Quel heureux hasard, dit-il.

Bien entendu, il ne s'agissait nullement d'un hasard.

Mark entraîna Sara à travers la salle, puis lui fit franchir les doubles portes et descendre un couloir en direction de l'aire de service sous la maison. Heat y avait fait construire un véritable labyrinthe où il rangeait ses décors et ses costumes. Il y avait aussi là la salle de contrôle, la chaudière et les bureaux du personnel. Sara n'y était jamais descendue. On racontait que les couloirs se prolongeaient sous le parc, si bien que Heat pouvait arpenter toute sa propriété sous terre.

Une grosse porte en chêne, un couloir, deux doubles battants... Ils s'avançaient dans un univers éclairé au néon.

– Il y a un groupe électrogène qui éclaire le sous-sol en cas de panne, expliqua Mark.

Il s'arrêta face à elle. Ils étaient seuls, désormais. Il avait envie de l'embrasser, mais elle portait encore son masque. Il ne pouvait deviner l'expression de son visage.

– On danse ? proposa-t-il.

– On est seuls, mais il ne fait pas noir, rétorqua-t-elle.

Mark monta deux marches vers une porte, qu'il ouvrit. C'était une sorte de cagibi. Il la prit par la main. Elle le suivit et referma la porte derrière eux.

– Et voilà, dit-il.

Il effleura ses bras nus. Même s'ils étaient seuls, et dans le noir, même si Sara l'avait suivi et avait elle-même fermé la porte, Mark hésitait toujours. Le masque le troublait.

Mais ils se tenaient si près l'un de l'autre... C'était génial. Mark passa les mains autour de sa taille.

– Il fait assez noir ? murmura-t-il.

– Quelle sorte de danse veux-tu ? demanda-t-elle.

Il lui effleura le visage. Mais elle n'en avait pas : juste un masque.

– J'ai envie de te voir, dit-il.

– Il fait trop noir.

– J'ai une lampe.

– Je ne retire plus jamais mon masque.

Ce n'était pas vrai. Pas tout à fait. Elle le portait presque tout le temps mais, quand Mark l'avait vue pour la première fois au manoir, Sara était face nue. Pour lui, pensa-t-il, car elle portait toujours son masque en présence de Heat.

– L'obscurité est un masque, fit-il remarquer.

Il était sûr que, sous son masque, cette remarque l'avait fait sourire.

Elle ouvrit la porte une fraction de seconde, le temps de laisser entrer un rayon de lumière. Mark leva les mains vers son masque, hésita un instant, puis le souleva. L'adorable visage de Sara lui souriait. Son cœur faillit s'arrêter de battre. Il voulait lui dire qu'il l'aimait, mais il n'osa pas.

Elle se pencha pour l'embrasser.

Cinq minutes plus tard, la lumière qui filtrait par l'entrebâillement de la porte se fit plus forte. Le courant avait été rétabli.

– Il faut que j'y retourne, dit Sara.

– On pourra se revoir ?

– Qu'est-ce que tu veux voir de plus ? Je ne pense pas qu'il reste grand-chose à voir de moi !

Mark lui lança un regard étonné, parce qu'il ne s'était rien passé entre eux. Ils s'étaient simplement embrassés et caressés. Mais Sara voulait dire qu'elle s'était dévoilée. Elle fit une drôle de tête, puis un pas vers la sortie. Mark la suivit. Elle remit son masque, lui jeta un regard par-dessus son épaule et lui sourit : il le vit à ses tempes qui s'étiraient. Au moment de partir, elle se figea sur place. Il l'entendit cesser de respirer. Sara regardait quelque chose dans le couloir mais, quand Mark tourna la tête dans cette direction, il ne vit rien.

– Qu'est-ce qu'il y a ? demanda-t-il.

– Tu la vois ? Là !

Mark ne voyait rien.

– Elle est partie, elle vient de quitter le couloir. Elle va se coucher, dit-elle d'une voix très calme. Je me demanda ce que ça veut dire.

Et, avant qu'il puisse répondre, elle franchit les doubles portes en courant.

Jonathon Heat

Ce qui suit est tiré d'un article de journal écrit en prison par Jonathon Heat.

On ne dit jamais la vérité sur moi. C'était déjà le cas avant que je sois célèbre. Les gens racontent toujours des histoires qui me font mal. C'est une forme de violence. Les gens cherchent toujours à démolir la beauté.

Je n'ai eu avec Sara que des intentions pures. Je n'ai jamais tenté d'avoir des relations sexuelles avec elle pendant qu'elle a vécu chez moi. Et, surtout, je n'ai jamais eu le désir de lui voler sa beauté. Bien sûr que je m'intéressais aux greffes de visage, je ne l'ai jamais nié. Et bien sûr que j'espère avoir un jour la chance d'en bénéficier. Mais entre vouloir quelque chose et abuser d'une position pour parvenir à ses fins, il y a une marge.

Dès que je l'ai vue à l'hôpital ce jour-là, j'ai trouvé une âme sœur, quelqu'un qui avait le même talent et les mêmes démons que moi. Sara et moi sommes tous deux atteints d'une maladie que personne ne peut comprendre, à moins d'en être victime. Nous avons un étrange virus. Nous sommes incapables de nous reconnaître. Je pense que, un jour, notre maladie sera reconnue par le corps médical.

Quand une personne normale se regarde dans un miroir, elle voit son visage. Quand Sara et moi nous regardons dans un miroir, nous voyons un étranger. Au fil des années, le docteur Kaye a pris avantage de cette situation et m'a poussé à avoir de plus en plus souvent recours à la chirurgie, me jetant dans une quête effrénée pour une identité que je n'ai jamais eue car, jusqu'à la fin, je ne me suis jamais reconnu. Quand j'ai touché le fond, j'étais aussi peu moi-même que jamais.

Puis il s'est mis en quête d'un nouveau visage pour moi afin de pouvoir continuer ses expérimentations. Voilà la vérité.

Je sais que depuis ma condamnation, certains ont du mal à me croire. Je veux que tout le monde, mes fans, mes amis et ma famille, tous les gens qui m'ont gardé leur confiance, sachent que nous préparons un appel, et je suis certain que nous le gagnerons. À mes supporters, je dis : soyez patients. Votre confiance sera récompensée. Nous prouverons mon innocence. À mes ennemis je dis: vous ne l'emporterez pas.

Sara est une fille adorable, et je suis attristé, atterré, brisé, qu'elle ait été traitée de cette manière pendant qu'elle était sous ma protection. Je faisais confiance au docteur Kaye. Il était plus que mon médecin, il était mon ami. Mais il a abusé de cette relation. Ce qu'il a fait, il l'a fait sans mon consentement. Si j'avais su, si seulement j'avais pu imaginer ça, je l'aurais tué de mes propres mains plutôt que de le laisser réaliser des projets sans doute prévus depuis fort longtemps. Je suis certain qu'il a agi pour sauver sa réputation. Il a fait tout ça avec ce seul but en tête. Mais, je le répète, je n'en avais aucune connaissance.

N'oubliez pas que Sara n'est pas sa seule victime. Il a tout autant abusé de moi. Pas de façon aussi soudaine qu'avec Sara. Avec moi, l'abus a duré des années, mais le résultat a été le même. Il m'a volé mon visage. On m'a rétorqué qu'il y avait entre Sara et moi une différence: il l'a fait avec mon consentement. Eh bien, je plaide coupable d'avoir été un imbécile, un naïf, de lui avoir fait confiance plus que je ne l'aurais dû. Je plaide coupable d'avoir voulu me sentir mieux, mener une vie normale, être capable de me regarder dans un miroir sans être dégoûté par mon reflet. Je ne peux expliquer pourquoi j'ai autorisé un tel monstre à m'enlever la beauté à laquelle je tenais tant. Notre visage est tellement plus que notre apparence. Quand il m'a pris mon visage pour assouvir son besoin de reconnaissance, le docteur Kaye m'a également pris mon âme. Bêtement, j'ai accepté, mais je n'en reste pas moins une victime.

Personne ne me caressera plus jamais la joue, personne ne m'embrassera plus. Le docteur Kaye a fait de moi un monstre et je ne lui pardonnerai jamais, pas plus que je ne lui pardonnerai ce qu'il a fait à Sara.

J'aimerais également faire un sort à certaines rumeurs qui ont circulé dans la presse. Il n'y a jamais eu d'autres filles. Sara a eu des visions, je le comprends et je le respecte, mais cela ne prouve rien. Ce qu'étaient ces visions, et ce qu'elles signifient, je commence à peine à le savoir. Un jour, quand j'en saurai davantage, j'accepterai peut-être d'en parler mais, pour l'instant, je dois me taire. Pendant son séjour, Sara est venue me trouver avec la photo d'une ex-employée. Je crois qu'elle s'appelait Catherine Monroe. Katie avait donné sa démission quelques années plus tôt. Pour l'instant, nous n'avons pu retrouver sa trace, mais nous avons quelques pistes, et j'espère qu'elle va réapparaître afin de mettre fin à la rumeur. Si elle est quelque part, si elle me lit, Katie, je te supplie de te faire connaître et de m'aider à faire taire ces affreuses accusations. J'en appelle à vous et à mes millions de fans pour toute information, tout lien, même ténu, qui pourrait nous permettre de localiser Katie.

Enfin, je veux remercier mes fans de toujours croire en moi. Je vous jure que je suis victime d'une injustice. Depuis, j'ai créé une fondation pour venir en aide aux gens qui ont les mêmes problèmes que Sara et moi. Il s'agit de la fondation Sara Carter Jonathon Heat. Toute personne qui souhaite nous apporter son soutien peut contacter ou faire un don à cette fondation.

Merci à tous.

À bientôt

Jonathon Heat

Chassé de la maison

Après le bug du système de contrôle qui avait privé la maison d'électricité, Tom Woods accusa Mark d'avoir mal programmé les ordinateurs, et Heat, encore furieux de cette panne, accepta que Mark soit désormais tenu à l'écart de la salle de sécurité. Woods eut finalement gain de cause. Il ne se trompait pas : c'était bel et bien Mark le responsable, même s'il ne s'agissait nullement d'une erreur. Mark avait longuement programmé ses quelques minutes d'intimité avec Sara.

Mais il se moquait d'être banni de l'ordinateur. Cela n'avait plus d'importance, puisqu'il avait établi une connexion en wi-fi avec son portable et son Palm Pilot. Il pouvait contrôler toute la maison depuis sa chambre sans que Tom ni quiconque le sache. Il n'avait même pas eu besoin de se rendre à la salle de contrôle pour déclencher la panne électrique : il avait fait ça depuis les toilettes avec son Palm. Ce qui ne lui avait pas pris plus de cinq minutes.

« Je n'avais rien d'un pur génie, me dit plus tard Mark. C'est juste que Woods était un pur idiot. Je ne sais pas pourquoi Heat l'employait, il était tellement bête. Il se contentait d'appuyer sur des boutons. Ce système donnait des pouvoirs presque surnaturels, il permettait quasiment de traverser les murs. Woods aurait pu contrôler toute la maison sans se bouger les fesses. »

Maintenant qu'il s'était rapproché de Sara, Mark l'avait à nouveau dans la peau. Les quelques jours qui suivirent, il ne pensa qu'à elle. Chaque fois qu'il se souvenait de ces baisers volés dans la pénombre, il se sentait pris de vertiges de désir. Il voulait vraiment danser avec elle – une danse horizontale, cette fois. Il voulait absolument la revoir, et il avait pour ça une idée. La prochaine fois, ce serait plus discret. Car il ne pouvait pas à chaque fois alerter Heat et Woods en coupant l'électricité. Tôt ou tard, ils feraient appel à un véritable expert qui comprendrait très vite ce qui se passait. Mark voulait être en mesure de se déplacer dans la maison sans que personne ne le sache, et sans laisser de traces.

Il passa les journées suivantes à « hanter » le manoir, autrement dit à concevoir un programme qui lui permettrait de s'y glisser en secret. En gros, il allait obliger la maison à détourner les yeux. C'était bien plus compliqué que de tout faire sauter, et bien plus long. Pour ne rien arranger, non seulement Heat avait exilé Mark de la salle de contrôle, mais aussi du manoir. Peut-être avait-il des soupçons sur l'endroit où Sara se trouvait pendant la panne. Mark occupait maintenant la maison du gardien. Son nouveau boulot consistait à contrôler les véhicules à l'entrée et à patrouiller le parc le soir. Deux tâches qui le maintenaient loin du poste de contrôle. Mark était obligé de se connecter la nuit assis sous une fenêtre du manoir. Il passait des heures transi de froid afin de pirater le système caméra par caméra.

Il lui fallut une semaine de travail acharné pour mettre au point son stratagème – une semaine d'anxiété, car chaque jour qui passait, il craignait que Sara l'oublie davantage. Mais il parvint à ses fins. Il avait désormais la main mise sur le système électrique et le système de sécurité de Heat.

– Tu n'as plus de secrets pour moi, maintenant, souffla Mark au manoir.

Il avait ajouté un circuit fermé sur toutes les caméras, si bien qu'il pouvait les actionner, enregistrer une image et la geler à son gré. C'était terrifiant. Il avait l'impression que la maison était Jonathon Heat, le système, son cœur et son esprit. Or, le cœur et l'esprit de Jonathon Heat étaient des endroits que Mark ne tenait pas vraiment à fréquenter.

Huit jours après la fête, il était prêt à passer à l'action.

Mais il courait des risques. C'était facile de trafiquer le système, en revanche, il n'avait aucun contrôle sur les gardiens qui faisaient des rondes dans la maison pendant la nuit. Il pouvait vérifier leur présence dans un couloir sur son Palm Pilot avant de l'emprunter, mais son appareil ne répondait pas aussi rapidement qu'il l'aurait souhaité. S'il se faisait surprendre, il serait viré, et il pourrait dire adieu aux baisers de Sara. Et si on découvrait les codes de sécurité de toute la maison sur son Palm, il ne serait pas simplement viré, il serait traduit en justice, et comme il faut, si les histoires qu'on racontait sur les avocats de Heat étaient vraies. Et on a pu par la suite vérifier qu'elles l'étaient.

Mark était inquiet de la réaction de Sara. Ils avaient échangé des textos où elle lui disait son désir de le revoir, il avait donc décidé de lui faire une surprise. Elle savait juste qu'il avait un plan. Sur le moment, il trouva son idée géniale mais, tout à coup, il doutait. Peut-être l'avait-elle embrassé cette nuit-là uniquement parce qu'elle était furieuse que Heat l'empêche de se produire sur scène? Peut-être qu'elle regrettait leur entrevue dans le noir, et prétendait avoir envie de le revoir en se disant que ce serait de toute façon impossible? Se glisser dans la maison à minuit lui semblait tout à coup très dangereux.

Le manoir avait de nombreux yeux, mais pas vraiment de cerveau. Les humains, c'était l'inverse. Mark se glissa par une fenêtre du rez-de-chaussée, puis dans les couloirs, en s'arrêtant à chaque angle pour vérifier sur le petit écran de son Palm Pilot et geler la caméra correspondante pendant quelques minutes de façon à ne pas être repéré.

Il atteignit le grand escalier – bien trop dangereux car il débouchait sur de nombreux couloirs et portes. Les ascenseurs étaient de véritables pièges. Mark passa donc par l'escalier de service. Il prit de nouveaux couloirs et franchit de nouvelles portes qui risquaient de s'ouvrir à tout moment sur des hommes de la sécurité. Il atteignit enfin la chambre de Sara. Il resta une minute immobile, puis se demanda pourquoi il attendait. Il frappa.

Comme d'habitude, Sara avait passé la journée avec Heat. Ils avaient fait des courses le matin, déjeuné à Heathcote puis ils étaient passés au studio d'enregistrement écouter des prises faites quelques jours plus tôt. Ils s'étaient faufilés par la petite porte pour éviter toute publicité, pourtant quelqu'un avait prévenu les paparazzi. Avec son masque, personne ne pouvait reconnaître Sara, alors ils posèrent, bouche contre bouche. À nouveau, Heat glissa sa langue entre ses lèvres, mais plus longuement cette fois. Sara attendit patiemment qu'il finisse de lécher l'intérieur de sa bouche.

Elle considérait que c'était le prix à payer pour la gloire et la fortune. Coucher avec Heat représenterait une sorte de sacrifice, un rite, une cérémonie. Et qu'ils aient été amants participerait à la légende. Une part d'elle en avait envie. En tant qu'individu, Heat était déplaisant mais, en tant que star, il était très excitant. Il avait couché avec des centaines, voire des milliers de personnes. Il dansait comme personne d'autre sur scène, il était désiré par des millions de femmes. Tout ça était très plaisant, mais Sara considérait tout de même que plus tard ça arriverait, moins longtemps elle devrait y passer. Dès qu'elle pensait au sexe, c'était Mark qui lui venait en tête. Mais elle ne pouvait avoir ce genre de relation dans la maison de Heat, tout du moins le croyait-elle. Pourtant elle était consciente du lien entre eux, de leur désir d'être cœur contre cœur, torse contre torse, sexe contre sexe. Presque chaque soir, elle repensait à l'époque où ils faisaient l'amour. Depuis ces délicieuses minutes dans le cagibi, elle songeait sans cesse à lui. Alors, quand elle ouvrit sa porte, elle poussa un cri ravi.

Il aurait aimé voir sa tête. Ensuite, Mark eut l'impression d'avoir des rayons X à la place des yeux car, malgré son masque, il comprit son plaisir. Mais il comprit aussi qu'elle était tout autant ravie que terrifiée.

Elle jeta un coup d'œil dans le couloir, puis regarda, effarée, la caméra derrière son épaule. Mark eut la cruauté d'attendre une seconde avant de sortir fièrement son Palm.

– J'ai aveuglé la maison. Elle ne voit plus rien.

Sara l'observa, puis la caméra, puis le Palm.

– Aveuglé, répéta-t-il. Ils ne peuvent pas nous voir.

Puis il ajouta :

– Je peux entrer ?

Sara s'écarta puis referma la porte derrière lui.

– Espèce d'idiot, fit-elle. Tu vas tout gâcher !

– Je l'ai aveuglée, répéta-t-il en brandissant son appareil. Zé le contrôle dé la maison. Rien ne peut nous zarriver.

– Comment tu as fait ça ?

– J'ai programmé le circuit de surveillance à partir de mon Palm. Je peux faire ça dans tout le manoir. Je gèle les caméras. Comme ça, ils ne me voient pas passer.

Il eut du mal à convaincre Sara mais, ensuite, elle fut épatée.

– Ouah ! Toute la maison ? Tu contrôles vraiment toute la maison ?

– J'ai allumé le chauffage dans la chambre de Heat hier soir rien que pour le faire suer !

– Alors comme ça, on peut faire ce qu'on veut !

Ce n'était pas une question, c'était une affirmation. Mark éprouva aussitôt un sentiment d'inquiétude bien connu. Il avait comme projet d'accéder à la chambre de Sara et de lui faire l'amour. Quant à elle, elle s'imaginait déjà arpenter toute la maison pour voler des objets de valeur, prendre des photos à destination de *Heat Magazine*, ou toute autre aventure de ce genre. Comment n'y avait-il pas pensé plus tôt ?

– Oui, mais il y a les gardiens, ajouta-t-il précipitamment. Eux, je ne peux pas les contrôler. Ce sont les gens qui sont le plus dangereux. Comme toujours, non ?

– Tu es mon James Bond, dit-elle.

Malgré lui, Mark sourit et tendit le Palm Pilot comme si c'était une arme.

Son regard alla vers le lit, vers lequel Sara se dirigeait déjà.

– C'est génial que tu sois là, je m'ennuyais à mourir. Cette maison est une vraie prison. Mais maintenant ! Tout ce qu'on va pouvoir faire grâce à…

Elle se tourna vers lui avec un grand sourire.

– Allons nous promener, lança-t-elle.

Mark avait peur. Il s'était glissé comme un voleur dans la maison, mais Sara marchait d'un pas assuré en bavardant, comme s'ils étaient deux enfants qui font un raid sur le frigo en pleine nuit.

« Pour Sara, il n'y avait aucun problème, commenta ensuite Mark. Heat ne pouvait rien contre elle. C'est moi qui risquais de sérieux ennuis. »

Au moins, contrairement à ce qu'il avait craint, Sara ne voulait pas aller traîner dans les appartements privés de Heat. Elle voulait visiter le sous-sol réservé au service. Une fois là-bas, Mark se sentit plus tranquille. À l'étage, les couloirs étaient recouverts de moquette épaisse pour qu'on puisse presque s'y déplacer en silence. En bas, le sol était nu, si bien qu'on entendait les gens venir.

Ils trouvèrent une pièce vide à l'exception de quelques chaises et tables empilées dans un coin. Si Mark avait eu peur que Sara se serve de lui, il fut bientôt rassuré. Il y avait un verrou sur la porte et, dès qu'ils l'eurent fermé, elle se tourna vers lui pour l'embrasser. En quelques instants, ils se débarrassaient de leurs vêtements pour se jeter l'un sur l'autre.

Ils firent l'amour.

Ensuite, Mark aurait bien eu envie de se reposer, Sara contre lui, mais elle avait envie de bouger. Elle se rhabilla pour partir en exploration.

– Alors comme ça, tu as mis KO tout le système de sécurité..., le titilla-t-elle.

– Il est aussi aveugle qu'une chauve-souris, se vanta Mark.

Elle s'approcha de la porte et l'ouvrit.

Il soupira, mais il avait trop envie d'impressionner Sara pour reculer. Il tapa ses codes sur le Palm Pilot afin de vérifier qu'il avait bien le contrôle des caméras, et ils partirent à l'aventure dans la maison.

Des yeux, il y en avait partout dans cette demeure pleine de secrets. Ils scrutaient chaque couloir à la recherche de visiteurs non désirés, mais aussi d'invités faisant des incursions là où ils n'auraient pas dû, surveillaient le sol à la recherche de traces de pas, le plafond où aurait pu apparaître le sommet d'un crâne. En bas, il y en avait autant qu'en haut. De toute évidence, Heat tenait à surveiller aussi bien ses employés que ses invités.

Mais Mark et Sara disposaient d'une cape d'invisibilité qui pouvait aveugler toutes les caméras une minute ou deux avant leur passage. Quel garçon intelligent ! Trop intelligent, peut-être, pour son bien. En marchant, Mark ne cessait de jeter des coups d'œil à la fille à ses côtés. Elle n'avait plus son masque. Or, c'était tête nue qu'il l'aimait. Il l'avait si souvent vue masquée qu'il trouvait son visage nu incroyablement érotique. Sa peau ressemblait à de la soie dorée. Mais que faisait-elle dans l'antre de cet ogre ?

On aurait cru qu'un endroit équipé de tant d'yeux recelait de nombreux secrets, or ils ne trouvèrent rien. Il n'y avait que des couloirs vides, des réserves pleines de matériel, d'anciens décors, de meubles abandonnés et autres rebuts. Il y avait un studio d'enregistrement dont on ne se servait plus, puisque Heat en avait fait construire un autre à l'étage dans un environnement bien plus agréable. La salle de contrôle, d'où Tom Woods et son personnel surveillaient la maison, se trouvait plus loin. Toutefois, derrière deux doubles portes, ils découvrirent un nouveau couloir – un long passage aux nombreuses portes. Était-ce l'un des célèbres souterrains qui menaient allez savoir où ? Sara et Mark inspectèrent les portes les unes après les autres. Mais ce fut encore une fois la même histoire. Les pièces étaient toutes vides.

Ils ne trouvèrent rien jusqu'à la dernière porte.

Comme Sara s'approchait, prête à mettre la main sur la poignée, quelque chose de bizarre se produisit. Elle stoppa son geste quand elle s'aperçut que la surface n'était pas réelle. Et poussa un cri de surprise. En fait, la porte se dématérialisait devant ses yeux. Puis elle comprit qu'elle regardait quelque chose qui avançait vers elle. C'était l'apparition qu'elle avait déjà vue, cette fois très proche. D'instinct, Sara baissa son masque, comme pour se protéger.

La créature était à moitié sortie du battant. De si près, Sara comprit pourquoi elle n'avait pas de visage : on le lui avait prélevé. Elle voyait encore les marques de scalpel. Au lieu de traits, la créature avait une blessure béante. C'était une tête de mort ensanglantée. Mais, le plus terrible, c'est que ses yeux étaient intacts. De si près, Sara les voyait parfaitement. Ils étaient profonds, doux, d'un bleu de velours. Dans ce magma d'os et de sang, ils semblaient terriblement déplacés, car pleins de sentiments.

La créature portait à nouveau les vêtements de Sara. Et, à nouveau, même si elle n'avait pas de visage, Sara eut l'impression qu'elle avait déjà vu cette personne. Mais elle ne savait pas où.

L'apparition s'avança. Elle était entourée par un halo de froid.

Quand la créature voulut passer, Sara se jeta contre le mur. Le fantôme s'éloigna, laissant derrière lui une odeur d'antiseptique et de sang chaud. Il partit tranquillement dans le couloir et disparut au coin. Sara remonta son masque et regarda Mark, haletante de peur et d'excitation. Il l'observait avec un air intrigué. Sara comprit alors que la créature n'était apparue qu'à ses yeux. Seule Sara la voyait. Et pourtant, elle était si réelle !

– Je… j'ai cru voir quelque chose, dit-elle, n'ayant pas envie de raconter ce qui venait de se passer.

Elle remit son masque pour cacher ses émotions.

– Qu'est-ce qu'il y a ? Ça va ? lui demanda Mark en la prenant par le bras.

Il avait juste entendu son petit cri et l'avait vue se jeter contre le mur, comme s'il y avait là quelque chose. Sans comprendre.

Sara se dégagea, attrapa la poignée de la porte qu'avait franchie le monstre, et tira dessus. Rien ne bougea. La porte était verrouillée. Elle poussa un grognement de colère. Elle s'acharna dessus avant de se tourner vers Mark.

– Une porte fermée ! Qu'est-ce que ça veut dire ?

Mark regardait derrière lui, toujours préoccupé par l'étrange comportement de Sara.

– La créature, dit-elle en désignant le couloir de la tête. Tu ne l'as pas vue ? C'était un fantôme, ou un truc comme ça.

Gênée, Sara ne savait pas trop comment en parler. Elle haussa les épaules.

– Tu viens de voir un fantôme ? s'exclama Mark.

Elle haussa à nouveau les épaules.

– Je crois, dit-elle. Ça y ressemblait, en tout cas.

Elle gloussa et fit un signe de tête en direction du couloir.

– Mais qu'est-ce qu'il y a derrière cette porte ? demanda-t-elle d'une voix la plus détachée possible.

Mark jeta un nouveau coup d'œil derrière lui. Un

fantôme lui semblait bien plus important qu'une porte verrouillée mais, pour Sara, même si cette vision avait été aussi solide que les deux jambes qui la portaient, c'était la porte la plus intéressante. Sans qu'elle sache pourquoi. Mark commença à pianoter sur son Palm Pilot pour examiner les environs pendant que Sara s'adossait à la porte en regardant toujours l'endroit où la créature avait disparu. Derrière elle, elle sentit le battant se refroidir. Il se passait quelque chose de très étrange.

– Il n'y a pas de caméra ici ! s'étonna Mark.

Contrairement à tous les autres endroits de la maison qu'ils avaient visités, le couloir n'était pas répertorié dans le système de sécurité. Pour une mystérieuse raison, Heat avait choisi d'aveugler lui-même cet endroit. Il y avait là quelque chose qu'il ne voulait pas voir, ou qu'il voulait dissimuler...

Peut-être ne s'en était-il tout simplement pas soucié. Ou alors qu'on n'avait rien installé là, tant c'était dépourvu d'intérêt.

– S'il y a un secret, je veux savoir lequel, déclara Sara.

Elle se redressa. La porte qui, un moment plus tôt, était aussi froide qu'un bloc de glace, devenait tout à coup brûlante.

– Surtout si c'est le secret de quelqu'un, dit Mark avec un vague sourire.

– Surtout si c'est le secret de Heat, dit Sara. Il doit bien y avoir quelque chose ici, non ? Et si c'est juste un endroit vide, eh bien, ça deviendra le nôtre, ajouta-t-elle, tentatrice.

Ils examinèrent la porte. Il y avait un trou de serrure par lequel ils ne virent que de l'obscurité. Sara souleva son masque, se mit à genoux et renifla la porte comme un chien. Puis elle se redressa avec une exclamation de dégoût. Mark s'agenouilla à son tour. Il y avait une faible mais bien réelle odeur de viande en décomposition.

– Ça sent la mort, dit Sara.

Mark se tourna vers elle puis renifla à nouveau.

– Peut-être que c'est une souris prise dans un piège, dit-il.

– Une souris ? Ici, à des kilomètres de tout ?

– Il y a des fenêtres, fit remarquer Mark.

La plupart des pièces du sous-sol possédaient des vasistas, qui donnaient sur un fossé à l'arrière de la maison. Une souris aurait pu s'y glisser. Sara déclara :

– Je veux voir ce qu'il y a à l'intérieur. Tu peux te débrouiller pour qu'on entre ?

– Pas ce soir, en tout cas.

Il n'y avait rien de plus à tenter pour le moment. Ils s'en allèrent, Mark les mains dans les poches de son jean, Sara le bras sous le sien. Tout à coup, elle jeta un coup d'œil par-dessus son épaule et vit, sous la porte, un mince faisceau de lumière, parfois entrecoupé d'ombres, comme si quelqu'un se déplaçait à l'intérieur. La lumière s'alluma deux fois, puis s'éteignit.

– Bizarre, non ? lança-t-elle à Mark.

Il fit la grimace.

– C'est juste une porte fermée, conclut-il.

Il la raccompagna à sa chambre. Sara n'évoqua pas davantage les événements de la soirée. Elle se dressa sur la pointe des pieds pour l'embrasser sur la bouche et fila rejoindre son lit. Mark quitta la maison par la fenêtre où il était entré et rentra chez lui à travers les pelouses humides. Il se coucha et s'endormit d'un coup.

Sara, 8 juin 2005

Sara est sur son lit, rideaux tirés, éclairée par une lampe de chevet. Elle est livide et semble terrifiée. Elle ne cesse de jeter des coups d'œil par le rideau.

Ceci est une déclaration. Je dois faire une déclaration à propos de ce qui se passe. Elle est là. Peut-être juste de l'autre côté du rideau. Elle m'attend...

Silence. Sara semble écouter avec attention, mais nous n'entendons rien.

Mark est venu me voir ce soir. Ça m'a fait super plaisir, j'avais pensé à lui toute la semaine. Mais maintenant, il y a cette créature. Elle n'a pas de visage et elle porte mes vêtements. Qu'est-ce que ça signifie ? Qu'est-ce qu'elle veut ?

Sara se penche et murmure très vite.

Je l'ai déjà vue. Ici. Dans cette maison. En photo. Ne me demandez pas pourquoi, mais elle n'a pas de visage. Pourtant, elle a vécu ici, je le sais. J'en suis sûre. Peut-être qu'elle travaillait ici.

Qu'est-ce qu'elle fait à arpenter les couloirs la nuit ? Et rien que pour moi ! Car je suis la seule à la voir. J'espère que je ne suis pas en train de devenir folle. Non, je ne suis pas folle. C'est peut-être ce que vous pensez, mais non. Sa présence a une signification. Il faut juste que je trouve laquelle...

Peut-être qu'elle veut m'avertir. C'est peut-être ça.

S'ils ont fait du mal à cette fille, je veux qu'ils en paient le prix. Ils l'auraient assassinée ? Peut-être. C'est bien pour ça qu'il y a des fantômes, non ? J'ai signé une autorisation de don d'organe. C'est Jonathon qui me l'a demandé, il a dit qu'il l'avait fait, lui aussi, que c'était une bonne action. L'opération a lieu dans cinq semaines. Ce qui ne me laisse pas beaucoup de temps, parce qu'une chose est sûre, je serai partie quand le vieux schnock surgira avec son grand couteau. Pas question de me faire charcuter ! Je veux partir. Je pourrai toujours me faire opérer plus tard. Mais, pour l'instant, je dois faire comme si de rien n'était afin de découvrir ce qui se passe.

Tant qu'ils ne savent pas ce que j'ai trouvé. Cinq semaines pour savoir ce que cache cette porte...

Il y a un bruit dehors. Sara sursaute en poussant un petit cri. Elle saisit le rideau et jette un coup d'œil. Elle se met à trembler et à pleurer.

Je t'en supplie, laisse-moi tranquille. Je t'en supplie, pars. Je vais faire ce que je peux... Je t'en supplie...

Elle tire le rideau et pose la main sur l'interrupteur. Elle scrute derrière elle par les interstices.

Tu as peur du noir, aussi ? Allez, c'est l'heure de dormir.

Elle éteint la lumière. Il y a un silence.

On pourrait peut-être devenir amies ?

Petit bruit alors qu'elle coupe la caméra.

Qui est cette fille ?

Mark ignorait tout des visions de Sara.

Il n'était pas convaincu par l'existence de la créature. Sara lui avait déjà raconté ce genre d'histoire et en général, il y avait toujours une explication rationnelle. Un ovni s'était révélé un avion caché par les nuages, un revenant le reflet d'un lampadaire sur une fenêtre. L'ombre d'un promeneur invisible, un ballon de foot derrière un immeuble, un bruit non identifiable, le vent qui soufflait sur un tuyau... Sara avait tendance à transformer le mystérieux en surnaturel, si bien que Mark évitait de la prendre au sérieux. Même quand ses visions restaient inexpliquées, il y avait toujours une raison, à condition de la chercher.

Cette fois, c'était différent. Elle avait été saisie, submergée par l'émotion, mais elle s'était arrangée pour le cacher.

Bien plus tard, quand il vit son journal vidéo, Mark fut stupéfait.

« Elle ne m'a jamais rien dit. Après, elle était de plus en plus inquiète mais, ce soir-là, on n'aurait pas pu imaginer qu'elle ait eu une telle vision. »

Et pourtant, il y avait des signes. Quand il se réveilla le lendemain matin, Mark trouva sur son téléphone un texto que Sara lui avait envoyé à deux heures et demie du matin.

« Fantôme derrière rideau. Je fais quoi ? » était-il écrit.

C'était tout. Quand Mark lui répondit, elle se déroba en disant :

– C'était des histoires.

– Quel genre d'histoire ?

– Des histoires de fantôme, bien sûr, répondit-elle.

Et ça en resta là.

Les vidéos en disaient davantage. Mais, comme le fit remarquer Mark, elle pouvait aussi avoir menti à son journal. Sara ne s'exprime plus, mais elle avait peut-être inventé une histoire pour s'amuser, et nous amuser par la même occasion. Cela dit, peut-être qu'il y a là un fond de vérité. La vérité, pour Sara, était une notion très fluctuante. Rien de ce qu'elle a dit ne peut être considéré comme vrai. Il n'y a aucune raison de penser que son journal soit différent.

Pour Mark, l'important, ce soir-là, ce n'était pas le fantôme ou la porte verrouillée, mais le fait qu'ils sortent à nouveau ensemble. Dans la réserve, ils avaient d'abord fait l'amour sous le néon du plafond mais, ensuite, Sara avait trouvé une petite lampe. Et là, dans cette lumière, ils s'étaient enfin avoué qu'ils étaient amoureux. Vraiment. Ils s'étaient maintes fois séparés, mais ils pensaient toujours l'un à l'autre. Ils avaient envie d'être avec l'autre, de parler avec l'autre, de partager avec l'autre, de faire l'amour avec l'autre. Malgré la présence de Jonathon Heat, Sara avoua à Mark qu'elle n'arrêtait pas de penser à lui.

– On est faits pour être ensemble, avait dit Mark.

– Bientôt, on sera inséparables.

Bientôt, mais pas tout de suite. D'abord, la gloire et la fortune. Mark ne voulait pas gâcher leur soirée, il tenait à rester en paix mais, tôt ou tard, il tenterait de la faire changer d'avis. La gloire et la fortune d'accord, mais pas de cette manière ! Pas grâce à Jonathon Heat. Pas grâce à la chirurgie. Et par-dessus tout, par pitié, pas grâce à la chirurgie du docteur Kaye. Mark ne craignait pas vraiment qu'elle détruise leur vie sexuelle, le problème n'était pas là, même s'il y pensait. Tous ses sens, tout ce qu'il savait sur Sara, le mettaient en garde. La propension de Sara à se faire du mal, ses accès d'automutilation, le fait que le docteur

Kaye ait commis tant de dégâts sur Jonathon Heat. Tous les indicateurs étaient au rouge.

Mark savait qu'il n'aurait pas la tâche facile. Comment convaincre quelqu'un de renoncer à ses rêves au moment où ceux-ci sont en train de se réaliser? Mark fut donc plus que surpris quand Sara lui proposa elle-même une solution.

Plus tard, le lendemain, quand Mark l'appela, il en sut davantage sur le fantôme: la fille sans visage qui avait surgi à travers la porte, l'odeur d'antiseptique et de sang, le fait qu'elle portait les vêtements de Sara. Mark était très contrarié qu'au moment où ils avaient à nouveau fait l'amour, qu'ils se soient déclaré leur amour, Sara se lance dans des histoires de monstre sans visage. Mais il mit sa susceptibilité de côté. Tout à coup, il eut une illumination.

– Elle portait tes vêtements, elle n'avait plus de visage, tout comme Jonathon Heat n'a plus de visage. Elle se promène dans sa maison. Qu'est-ce que ça veut dire, selon toi? C'est un message qui t'est adressé. Au sujet de l'opération. Tu vas te faire refaire le visage par le chirurgien de Heat. C'est évident!

– Ce n'est pas moi, dit Sara. C'est quelqu'un d'autre.

– Elle portait tes vêtements.

– N'importe qui peut enfiler les vêtements d'un autre.

– Tu connais beaucoup de fantômes qui te piquent tes vêtements, toi?

– Pourquoi pas ? De toute façon, je sais qui est cette fille...

Mark fut stupéfié par cette affirmation.

– Et c'est qui ?

Sara hésita.

– Je ne connais pas son nom, mais je l'ai déjà vue. Ici, dans cette maison. Je crois qu'elle fait partie du personnel.

Malgré lui, Mark ressentit un mélange de peur et de fascination.

– Elle fait partie du personnel ? Tu es en train de dire que cette fille est vivante ?

– Peut-être. J'ai vu son visage. Ou alors, je l'ai vue en photo.

– Arrête !

– Je le prouverai. Je la retrouverai. Et là, on verra bien.

Mark se souvint tout à coup du jour où Jessica lui avait raconté comment Sara hurlait devant son miroir : « Qui est cette fille ? Qui est cette fille ? Virez-la ! »

– Ou alors, c'est le miroir, avança-t-il. Peut-être que tu l'as vue dans le miroir.

Il y eut un long silence.

– N'importe quoi, fit Sara d'une voix douce, mais il savait qu'il l'avait mise en colère.

Ensuite, Mark regretterait de ne pas avoir continué cette conversation mais, sur le moment, il décida qu'elle l'éloignait de son but.

– Peu importe. Même si c'était quelqu'un d'autre, qu'est-ce que ça change? Cela signifie qu'ils ont tué une fille avant ton arrivée.

Sans y croire vraiment. Mark ne s'attendait guère à ce que Sara adhère à ce raisonnement tiré par les cheveux. Pourtant, elle bondit sur cette explication.

– Mais bien sûr! s'exclama-t-elle. Je ne suis peut-être pas la première! Combien de filles il a amenées ici? Et qu'est-ce qu'il veut me faire? Qu'est-ce que tu en penses? Pourquoi il veut avoir des jeunes filles chez lui?

Mark ricana. Pourquoi une rock star voudrait-il avoir des jeunes filles chez lui? Mais, de toute évidence, ce n'était pas la bonne réponse.

– Ou alors, pourquoi il veut avoir le *visage* de jeunes filles? corrigea Sara.

Tout à coup, Mark sentit un frisson de terreur. Sara avait vu une fille sans visage. Or, qu'est-ce que Jonathon Heat désirait le plus au monde?

– Ça n'est pas possible... Non, c'est stupide..., bafouilla-t-il.

Sara plaisantait certainement. Mais elle répondit sans une once d'amusement:

– Je n'ai pas du tout envie de laisser ce croqueur de visage m'approcher avec son scalpel. Il se passe quelque chose dans cette maison, et on doit découvrir quoi.

– On ? couina Mark.

Mais il savait qu'elle avait raison. Ils étaient deux sur ce coup-là. Ce n'était pas maintenant qu'il la laisserait tomber.

– J'identifierai cette fille, dit Sara. Déjà, toi, tu vas trouver un moyen d'ouvrir cette porte. Puis on cherchera comment partir d'ici avant l'opération.

Cette conversation terrifia Mark. Il avait été heureux, mais seulement un soir. Le lendemain matin, sa vie était pleine de fantômes, Heat était devenu un monstre, un assassin, un voleur de visage, un kidnappeur de jeune fille. Cet homme public avait-il donc vraiment une vie privée aussi tragique ? De sombres missions avaient surgi en l'espace d'une nuit, il y avait des mystères à éclaircir, des énigmes à résoudre, de terribles dangers à affronter.

Non, tout ça était absurde ! Heat était fou, mais pas à ce point. Sara imaginait-elle vraiment qu'il prévoyait de lui voler son visage ? Mark posa le téléphone, se blottit sur son lit et fondit en larmes.

Mais pas longtemps. Comme toujours, il recommença vite à s'inquiéter pour Sara. Pourquoi avait-elle ces terribles pensées, ces visions ? Avait-elle vraiment vu un fantôme, ou était-ce la manifestation de ce qu'il avait toujours craint pour elle : une folie latente ? D'un autre côté, et si Sara avait vraiment vu quelque chose ? Mark ne croyait pas forcément Sara, mais il croyait aux fantômes, pour la simple raison qu'il avait eu la preuve de leur existence. La sœur de sa grand-mère fréquentait les morts. Elle était membre d'une église dédiée au spiritisme, elle vivait en l'absence de toute compagnie humaine mais, comme elle disait, pas toute seule : avec son défunt mari Terry, son guide spirituel Mlle Salome, ses chats et oiseaux en cage. Comme ses frères et ses sœurs, Mark avait toujours cru qu'elle était fantasque, jusqu'à ce qu'elle lui montre que la réalité était plus compliquée que ça.

Enfant, Mark avait un chien marron et blanc qui s'appelait Taylor, et qui fuguait souvent. Ce chien frémissait d'intelligence, mais il était tellement frondeur qu'il ne faisait attention à rien. Il avait déjà été renversé par deux voitures, si bien qu'il boitait de l'arrière-train et qu'il était à moitié sourd. Un jour, il alla embêter un cheval dans un pré, une pouliche bien plus vive que le vieux hongre qu'il taquinait depuis des années. Quand la pouliche en eut assez, elle lui donna un coup de sabot en pleine tête. Taylor jappa une dernière fois et s'immobilisa.

Mark était chez lui quand il entendit le couinement de son chien. Il partit comme une flèche. Il ne put que ramasser le corps de son chien en insultant le cheval, qui broutait à l'autre bout du pré. Il le ramena chez lui et l'enterra comme un viking, avec toutes ses possessions : son os, sa couverture, quelques friandises, une oreille de cochon séchée, son collier et sa laisse. La seule chose qui manquait, c'était sa balle, introuvable.

Quelques jours plus tard, la tante de Mark lui révéla où se trouvait la balle. Le dernier jour, Taylor l'avait abandonnée dans un laurier qui bordait le parc du manoir. Peu convaincu, Mark alla chercher dans le laurier et, à sa grande surprise, découvrit la balle. Il la rapporta tout joyeux. C'était la preuve en plastique qu'il existait bien un au-delà.

– Comment tu le savais ? demanda-t-il à sa tante.

– C'est Taylor qui me l'a dit, répondit-elle fièrement.

Depuis ce jour, Mark croyait aux esprits. Il désobéit même à sa mère pour accompagner sa tante et des médiums comme elle à l'église, où il les vit chaque semaine échanger avec les morts.

Ainsi, le monde des morts existait bel et bien pour Mark, mais les preuves données par l'église étaient d'une nature tout à fait différente de celles de Sara. C'étaient des messages familiers en provenance d'esprits bienveillants, ceux de familles et d'amis disparus. La créature sans visage de Sara, l'odeur de sang et d'hôpital, c'était une tout autre histoire. Mark croyait aux esprits, mais il croyait aussi à la folie hallucinatoire. Il était bien plus probable que les visions de Sara soient le reflet de ses sentiments et n'aient aucune réalité extérieure.

En tout cas, que ce soit des hallucinations, du délire, ou la réalité, Sara souffrait chez Heat. Elle devait quitter cet endroit. Si elle ne partait pas d'elle-même, Mark trouverait un moyen de l'y contraindre. Même s'il n'avait pour l'instant aucune solution.

Dans un premier temps, malgré ce que disait Sara, et ses doutes sur Heat et le docteur Kaye, Mark eut envie d'aller leur raconter cette histoire. Il ne croyait pas que Heat soit aussi dangereux que Sara se le figurait – Mark le considérait avant tout comme une victime – et même si Kaye était imparfait, Mark ne l'imaginait pas capable de faire sciemment du mal, en tout cas pas de tuer pour mener ses projets à bien. Kaye, pensait-il, faisait erreur, mais il n'était pas fondamentalement mauvais. S'il apprenait que Sara avait des visions de ce genre, il retarderait très certainement l'opération.

Mais si Mark faisait ça, Sara ne lui pardonnerait jamais. À cette pensée, il finit par se résigner. Il chassa également l'idée d'en parler à Jessica, la mère de Sara. Elle était folle, avec une tendance poussée à l'hystérie. Elle était capable de faire une scène et de tout gâcher. Jessica provoquait plus de crises qu'elle n'en résolvait.

L'autre solution, c'était de répondre au désir de Sara et de franchir cette porte. Le problème, c'était que si elle avait des hallucinations, comme Mark le croyait, franchir la porte n'arrangerait rien. Sara verrait toujours des fantômes. Elle trouverait sans doute un autre obstacle, une autre condition, jusqu'à ce qu'il soit trop tard. Quant à imaginer qu'elle ait raison… dans ce cas, ce serait vraiment de la folie, car qui était assez fou pour se jeter dans la gueule du loup ? C'est pour ça que la police existe, se dit Mark, même s'il savait très bien qu'il ne disposait d'aucune preuve. Et que se passerait-il si Heat les surprenait ? Mark serait viré et Sara resterait seule. Sa chère Sara, cernée d'ennemis et de peurs hallucinatoires, obligée de tenir la main de ce cinglé de Heat en guise de consolation.

C'était un vrai dilemme. Mark avait besoin de conseils. Il appela la seule personne qui connaissait Sara aussi bien que lui : Janet.

La première question que Janet lui posa fut :

– Tu as raconté ça à Jessica ?

– Non. Tu crois que je devrais ?

– Oh, non ! Surtout pas. Tu la connais, elle foutrait le bordel.

Janet s'assit au bord du lit en se rongeant un ongle. En fait, Sara avait devancé Mark en appelant Janet la nuit précédente. Elles avaient longuement bavardé, comme à leur habitude et, incidemment, Sara avait évoqué son dernier petit jeu avec Mark : voir des fantômes. Janet se souvenait-elle de l'apparition qu'elle avait croisée dans le couloir ? Eh bien, Sara avait inventé toute cette histoire rien que pour Mark. Histoire de le faire marcher.

Janet était gênée. Elle aimait bien Mark, et elle savait que Sara avait de forts sentiments pour lui. Elle savait aussi combien son amie avait souffert de leur séparation. Mais l'une des causes de cette séparation, c'était justement les petits jeux idiots de Sara, or voilà qu'elle recommençait.

– Tu ne crois pas que tu es trop grande pour ce genre de choses ? avait-elle demandé à son amie.

– Oh, ça va...

– Je l'aime bien. Toi aussi. Alors pourquoi lui faire ce genre de coup ?

Sara avait répondu que ce n'était qu'un jeu. Mark était intelligent, elle voulait le pousser dans ses retranchements, voir s'il parvenait à ouvrir cette porte. C'était drôle, voilà tout... En tout cas, c'est ce qu'elle déclara.

– C'est ton petit ami, Sara.

– Il le mérite, il m'a jetée.

– C'est idiot.

– Sans doute, soupira Sara. Tu as raison. S'il s'en aperçoit, il sera terriblement blessé. Je vais arrêter, ne t'inquiète pas. Mais ne lui dis pas. Je vais me débrouiller toute seule, d'accord ?

Alors, quand Janet entendit Mark s'inquiéter à propos de Sara, elle se sentit plus énervée que jamais contre son amie. Sara était déraisonnable. Mais c'était aussi sa meilleure amie, et sa loyauté l'empêchait d'avouer la vérité à Mark. Elle n'avait pas envie d'être mêlée à ça. C'était à Sara de se débrouiller toute seule. Mais Janet était touchée par la réelle inquiétude de Mark.

– Elle ne t'a rien dit ? demanda-t-il.

– Non, mentit rageusement Janet.

– Et qu'en penses-tu ?

– Attends un peu de voir la tournure que ça prend. Ça se réglera sans doute sans que tu aies besoin d'intervenir, dit-elle vaguement. Dans un jour ou deux, elle aura certainement tout oublié. Tu la connais.

Mark réfléchit.

– Elle me met vraiment la pression pour qu'on ouvre cette porte, c'est ça le problème.

– Attends de voir si ça dure. Demain, elle n'y pensera plus. Mais, pour l'instant, contente-toi d'être patient.

Ils ne parlèrent pas longtemps, car Janet se sentait trop gênée. Mark lui glissa que Sara se demandait si elle devait vraiment se faire opérer au manoir, mais

Janet, agrippée à son mensonge, n'en fit pas grand cas. Elle mentionna juste qu'elle préférerait que Sara n'aille pas jusqu'au bout de ses projets.

Toutefois, elle ne voulait pas raccrocher sans rien dire à Mark, alors elle lui annonça qu'elle croyait que Sara l'aimait vraiment.

– Tant mieux, dit-il. Parce que tu sais quoi ? Je crois que moi aussi.

Janet se sentit émue.

– Tu crois qu'elle a tout inventé ? demanda-t-elle.

– Tu le penses ?

– Tu sais comment elle est.

– Si c'est le cas, alors c'est vraiment une salope !

– Mais tu la connais. Quand elle part en vrille, elle ne sait plus comment s'arrêter, dit Janet pour sauver son amie. Ou alors, peut-être qu'il y a un peu de vrai dans tout ça. Des fois, je me demande si elle sait vraiment où est la réalité.

– C'est bien ça qui me fait peur, conclut Mark.

Quand il raccrocha, il se sentait mieux. Janet lui avait donné un bon conseil. Il y avait toutes les chances pour que Sara oublie son histoire de fantôme et de porte d'ici la fin de la semaine. Mais il n'avait toujours aucune solution pour lui faire quitter le manoir. Certes, elle était d'accord sur le principe. Maintenant, il suffisait d'attendre que le fantôme vienne lui parler et la persuade de partir. Mais Mark savait que le pouvoir de Jonathon Heat, sa fortune, sa célébrité, son entourage, jouaient contre lui. Comment un jeune homme avec un Palm Pilot trafiqué pouvait-il lutter contre tout ça ?

Par l'amour, conclut-il. Car Mark était un romantique. Et peut-être aussi avait-il la prétention de s'imaginer devenir un héros.

Des fantômes, des mensonges et des hallucinations, des petits jeux stupides, et une imagination capable de transformer la réalité banale en magie pure. Il ne faut pas s'étonner que Sara nous apparaisse comme une jeune femme pleine de contradictions. Que voyait-elle vraiment, que pensait-elle vraiment ? Quels étaient ses espoirs, ses désirs ? Nous n'avons que les indices qu'elle a laissés pour le découvrir.

En ce qui concerne ses visions, nous avons trois sources d'information : son journal vidéo, ce qu'elle a raconté à Mark et ce qu'elle a dit à Janet. Janet croyait que Sara n'avait jamais essayé ses petits jeux sur elle – qu'elle lui disait toujours ce qui était vrai et ce qui ne l'était pas. Cette fois, elle ne savait plus.

« Peut-être qu'elle voulait me protéger. Si elle savait à quel point cet endroit était dangereux, elle avait de bonnes raisons de me tenir à l'écart. »

Peut-être. De toute façon, Sara avait apaisé les inquiétudes de son amie en lui disant que l'histoire du fantôme était inventée. Quand Janet l'appela plus tard dans la journée, elle l'interrogea sur une révélation que Mark lui avait faite : Sara se posait-elle vraiment des questions sur son opération ? Quand Sara le lui confirma, Janet fut ravie. Elle aussi pensait que Sara était folle de se faire opérer, sauf peut-être de sa brûlure au visage. Que Sara lui annonce son probable refus fut un véritable soulagement pour Janet.

– Mais ne fais pas durer le suspense trop longtemps. Ce n'est pas sympa pour Jonathon. Ni pour le docteur Kaye.

– Oh, pas sympa pour le docteur Kaye… Ne t'inquiète pas.

– Et rassure ce pauvre Mark. Il était terrorisé.

– Je te le promets, déclara Sara.

Puis elles éclatèrent toutes les deux de rire.

Mark savait où aller chercher la clé de la fameuse porte. Tom Woods portait toujours un énorme trousseau à la ceinture. Mark s'était souvent demandé quelles portes ouvraient ces clés. Cet homme avait à sa disposition un système de sécurité dernier cri, chaque issue de la maison était équipée d'une serrure électronique, et il se trimballait avec un kilo de métal toute la journée. S'il s'agissait juste du double des clés des chambres, il n'en avait pas besoin sur lui.

En réalité, Woods aimait se sentir lesté de clés. Ça lui donnait l'impression d'être important. La plupart ne correspondaient à aucune serrure. Mark avait passé suffisamment de temps dans la salle de contrôle pour savoir que celle-ci ne contenait aucun double. Il n'avait d'autre choix que de se procurer le trousseau de Woods mais, pour ce qu'il en savait, Woods ne le quittait jamais. Ce qui signifiait que

Mark devrait pénétrer chez lui pendant son sommeil. À l'idée de fouiller dans le pantalon de Woods pendant qu'il ronflait (il se vantait souvent d'avoir un sommeil très léger, ce qui était vital pour un homme en charge de la sécurité), Mark n'était guère ravi.

Quelques jours plus tard, il se fraya un chemin jusqu'à chez Sara pour lui parler de son départ, des fantômes, des portes fermées à clé, des meurtres, d'automutilation et de chirurgie. Mais au lieu de ça, ils firent l'amour. C'était bien mieux que de chercher un moyen de piquer les clés de Woods. Et bien plus agréable que de se faufiler dans la maison ultramoderne de Heat en essayant d'y découvrir des secrets qui n'existaient sans doute pas. Rien à voir, vraiment.

Sara avait la ferme intention d'ouvrir cette porte, mais elle avait si peur du fantôme qu'elle était également ravie de penser à autre chose. Alors, ils fermèrent les rideaux du lit à baldaquin, burent de la bière, regardèrent la télévision, firent l'amour, eurent une longue discussion sur la célébrité, l'art, la vie, le sexe et dessinèrent de lourdes valises sous leurs yeux. Car ils avaient deux vies: l'une diurne, l'autre nocturne. Mark tenta tout de même de convaincre Sara. Il lui avait déjà exposé ses arguments mais, cette fois, à sa grande surprise et à sa grande joie, elle sembla réceptive. Mark critiqua le concept de chirurgie esthétique. Il détestait la façon dont les gens voulaient effacer toute trace de leur vie : leurs pattes-d'oie si chèrement gagnées, les rides dues à leur sourire, le sillon de leur tristesse. Il critiqua les actrices qui se faisaient retirer leurs implants en silicone en début de grossesse pour éviter les vergetures, puis accouchaient par césarienne à huit mois pour ne pas prendre trop de poids et, dans la foulée, se faisaient faire une liposuccion et tirer la peau du ventre. Les chanteurs qui changeaient de nez et de menton tous les ans ou presque, les vieilles dames qui observaient le monde avec leurs yeux larmoyants dans un visage de jeune fille, les vieillards qui voulaient recouvrir leur vieux corps d'une peau jeune. Mark les méprisait. Quel était le problème de vieillir ? Les rides, la peau qui se détend, c'était les signes d'une vie vécue, une vie qui devait être portée avec fierté. Jonathon Heat, Michael Jackson, Cher avaient tous l'air ridicule. Ils ressemblaient à des poupées ou des catastrophes, en tout cas, ils étaient affreux. Et ils avaient tort. Ils n'étaient plus eux-mêmes, or que reste-t-il de soi quand on n'est plus soi-même ? Malgré leurs immenses fortunes, ils vieilliraient et mourraient comme les autres. Dans le combat contre la mort, on finit toujours par perdre...

Par-dessus tout, affirma-t-il, il ne comprenait pas que Sara, qui était belle comme le jour, veuille changer d'apparence. Il était tellement convaincu par ses mots qu'il en eut les larmes aux yeux. Il lui promit que si elle se voyait vraiment telle qu'elle était, elle ne modifierait rien.

Blottie dans ses bras, Sara l'écoutait avec attention. Mark s'anima de plus en plus. Il voulait que Sara abandonne cette maison de fou et ce désir d'un autre visage, et commence une vie normale.

Il se pencha pour lui effleurer les lèvres.

– Ne fais pas ça, lui souffla-t-il. Je ne supporte pas l'idée que ce visage que je viens d'embrasser change. Et Heat ! C'est une hérésie sur pattes, une machine de guerre. Tout est faux en lui. Toi, tu es vraie.

Sara rit de délice. On l'avait souvent traitée de diverses choses, mais jamais de fille vraie.

– La beauté ne s'arrête pas à la peau, plaisanta-t-elle. Ou alors, est-ce que tu m'aimes uniquement pour mon physique ?

– Ta beauté va jusqu'à ton cœur, lui rétorqua Mark.

Il fut lui-même surpris par son éloquence. Puis il se pencha pour embrasser le triangle rouge sur sa joue.

Ils passèrent deux semaines merveilleuses. Dans la journée, Sara allait faire des courses, prenait des leçons de chant, de danse et de maintien et accompagnait Heat. Le soir, elle oubliait toutes ses ambitions dans les bras de Mark. Deux semaines de rêve. Puis ses visions réapparurent.

Elles eurent lieu dans sa chambre. La créature y était déjà venue, mais s'était contentée d'une présence. Cette fois, elle se manifesta.

Sara fut tirée d'un profond sommeil par un cri si déchirant, si fort et si proche qu'elle se cogna au mur dans son sommeil. Elle ne voyait rien, mais elle savait très précisément où se trouvait la créature: juste derrière les rideaux de son lit. Elle était si près que Sara sentait sa respiration contre le tissu. Quand elle s'assit, il y eut un instant de silence, puis le cri recommença. Le fantôme demandait quelque chose: de la pitié, ou la délivrance de la mort. Sa voix semblait tellement écorchée qu'elle était presque incompréhensible. En tout cas, une chose était sûre, il souffrait abominablement. Sara se plaqua contre le mur, incapable de quitter des yeux l'endroit d'où s'élevait le cri démoniaque, à quelques centimètres des rideaux, incapable de bouger ou de respirer. Puis, comme pour répondre à une question qu'elle n'avait pas posée, le rideau sembla se dissoudre, et la créature apparut en aboyant comme un chien, ses mâchoires osseuses tentant d'imiter le mouvement de la vie.

– Aide-moi! suppliait l'apparition, avec des paroles déformés par son absence de lèvres.

Puis les mots se noyèrent dans un mélange de cris et de sanglots.

La vision était si réelle que Sara fut persuadée que la créature était faite de chair et d'os. Elle vit d'abord son crâne, puis elle s'aperçut que c'était une main humaine qui lui avait fait subir son supplice : les vaisseaux étaient suturés, et les nerfs glissés dans de petits tubes en plastique, prêts à être reconnectés.

Sara se précipita vers la pauvre fille pour la réconforter, comprenant que seul son calvaire faisait d'elle un monstre. Mais, quand elle tendit les bras, ceux-ci traversèrent la créature. Sara regarda ses mains, abasourdie. Quand elle les approcha de son visage, elle vit qu'elles étaient pleines de sang. Elle se mit alors à crier à pleins poumons. Elle hurla son désespoir, sa terreur et son dégoût.

La créature se détourna de Sara avec une expression d'espoir sur un visage dont elle était pourtant dépourvue, tituba vers la porte et disparut. Sara, qui avait l'impression que son cœur allait exploser, alluma sa lampe de chevet, et se rendit compte qu'elle avait beau être sûre d'avoir vu le fantôme au pied de son lit, puis flotter vers la porte, ses rideaux n'avaient jamais été ouverts. Ils formaient comme un bouclier, et elle n'avait pas le courage d'y toucher. L'odeur de sang était toujours intense, et il fallut une minute pour qu'elle trouve le courage d'appuyer sur la commande des rideaux, convaincue que l'horrible visage plein de sang allait se précipiter sur elle. Mais elle ne vit qu'une trace humide sur la moquette, qui s'effaça dès qu'elle approcha, et sécha le temps qu'elle la touche.

Sara mit cinq minutes pour sortir de son lit et aller ouvrir la porte de sa chambre pour inspecter le couloir. Puis elle attrapa sa caméra.

Sara, 23 juin 2005

La caméra tremble, Sara pleure avec des petits sanglots étouffés. Elle tente d'apaiser sa respiration, en vain. La caméra montre le sol de sa chambre, puis glisse vers la porte ouverte, par laquelle on entrevoit le couloir.

Oh, non! C'est du sang. C'était donc vrai... Regardez! Au secours, j'ai si peur! C'est du sang! Elle est donc bien réelle...

La caméra montre une trace rouge sur le mur. On a l'impression que quelqu'un l'a frotté avec un chiffon imbibé de sang. Une goutte coule. Sara halète.

J'espère... J'espère juste qu'elle est morte. J'espère que c'est vraiment un fantôme. Je vous en supplie, ne la laissez pas vivre, je ne supporterais pas l'idée qu'elle soit en vie. Ressembler à ça ! Vous imaginez, ressembler à ça ! Regardez, regardez !

La caméra s'éloigne du mur et montre le couloir, où l'on aperçoit une silhouette dans la pénombre. Elle reste une seconde immobile. Nous entendons la respiration hachée de Sara. La caméra tremble très fort, et perd parfois la silhouette de vue. Sara attend quelques secondes, puis la tête bouge, et nous percevons un cri lointain mais réel, qui s'arrête brusquement, comme un mauvais enregistrement. La silhouette s'avance.

Non !

Sara repart en courant vers sa chambre, et sa caméra filme un tourbillon d'images : le plafond, les pieds de Sara, la silhouette, le sang sur le mur puis la moquette. Elle claque la porte derrière elle et se précipite sur son lit. Elle halète, tremble et sanglote dans la faible lumière. Puis, elle tend la main et éteint la caméra.

Le film reprend. La caméra montre des photos accrochées au mur. Visiblement, du temps s'est écoulé entre les deux événements. Sara est désormais calme.

C'est elle. Là. C'est elle. Je l'ai retrouvée.

La caméra zoome en tremblant sur un visage. Nous découvrons une jeune femme souriante, légèrement de biais. Il est impossible de faire le lien entre la silhouette entrevue dans le couloir et cette photo. Sara a tracé un trait rouge autour de la silhouette pour la mettre en évidence. La caméra s'approche davantage, mais elle tremble beaucoup et on ne voit pas grand-chose.

Là. La pauvre fille. J'espère qu'elle est morte.

Elle coupe la caméra. Tout devient sombre.

La porte verrouillée

Deux jours plus tard, Mark fouillait dans le pantalon de Tom Woods, lequel ne se trouvait pas dans son pantalon, mais en train de ronfler dans son lit. Mark était très mal à l'aise. Si Tom Woods se réveillait, une heure plus tard, Mark serait chez les flics. Et Sara livrée à son propre sort.

La peur était communicative. Mark avait déjà vu Sara dans un sale état, mais jamais comme la nuit où la créature s'était introduite dans sa chambre. Sara l'appela en le suppliant de venir. Mark se fraya un chemin dans la maison jusqu'à sa chambre, où il la trouva tremblante de la tête aux pieds, à bout de nerfs. Mark voulait partir tout de suite, mais Sara refusa. Elle décréta que la créature avait une bonne raison de se montrer à elle. Elle était certaine que Heat et Kaye étaient mêlés à cette affaire. La fille avait habité là, non ? Elle faisait partie du personnel.

Sara partirait, pas de doute. Après une telle histoire, il faudrait être fou pour rester. Mais d'abord, ils devaient savoir ce que cachait cette porte.

Mark trouva un accord. Pour l'instant, Sara ne quittait pas sa chambre et préparait son sac. Dès qu'ils auraient vu ce qu'il y avait derrière la porte, ils fileraient.

Mark fouillait dans le noir en tremblant. Le trousseau de Woods était accroché à un passant de la ceinture, et Mark ne voyait pas comment le défaire. Il eut envie de tout couper. Pourquoi pas ? Dans une heure, ils seraient partis... Et, d'ici là, il saurait. Il chercha pendant ce qui lui parut plusieurs minutes, jusqu'à trouver une prise, fit doucement glisser les clés autour du passant et regagna la chambre de Sara.

Ensemble, ils descendirent le couloir en pente qui menait à la zone de service. Mark appuyait sur les touches de son Palm Pilot pour geler les caméras au fur et à mesure de leur passage sans jamais cesser de regarder derrière lui, persuadé que le docteur Kaye et Jonathon Heat allaient surgir à tout instant. Sara s'accrochait à son bras et regardait droit devant elle – ses peurs étaient derrière. Elle ne voulait pas effrayer Mark, mais il savait ce que signifiaient ses sursauts et ses hoquets : ses visions avaient repris. Leur progression dans le couloir était marquée par une série de bruits, d'éclairs de lumière et de brusques changements de température. Comme ils approchaient, Sara entendit quelqu'un siffler. Puis une voix masculine l'appela. Elle bondit.

– Qu'est-ce qu'il y a ? demanda Mark.

– Rien. Des bruits. Tu n'entends pas ?

Mark secoua la tête. Pour lui, il n'y avait que le silence. Sara était la seule à percevoir toutes ces choses.

Ils approchèrent de la porte. Sara sentit très distinctement l'odeur de sang et de décomposition. Elle dut s'obliger à ne pas reculer, terrifiée à l'idée que l'apparition surgisse à nouveau de la porte. Mais quand ils l'atteignirent, les bruits s'arrêtèrent, comme si quelqu'un savait que Sara était là.

Elle se mit à quatre pattes et renifla la porte comme un chien. Mark la regardait dans cette position, à la fois plein de désir et de terreur.

– Une odeur de mort ! annonça Sara d'un ton triomphant. Il y a un mort là-dedans.

Mark se mit à quatre pattes à son tour et renifla, mais ne sentit rien. Cependant, il avait un rhume. Sara lâcha un soupir. Elle s'assit dos à la porte et essaya de se détendre tandis que Mark sortait les clés de son sac. Il les avait enveloppées dans un T-shirt pour qu'elles ne fassent pas de bruit.

Il examina le trou de la serrure et les clés pour deviner laquelle correspondait. Quand il les essaya, les bruits reprirent. D'abord, il y eut une petite explosion, puis un flash de lumière passa sous la porte.

Sara bondit et regarda Mark mais, de toute évidence, il n'avait aucune idée de ce qui se passait. Il avait simplement l'air préoccupé, comme s'il attendait une explication de sa part. Sara lui sourit, à la fois gênée et effrayée. Pour oublier sa peur, elle se mit à parler de ce qu'ils feraient quand ils auraient quitté cet endroit, de la vie paisible qu'ils mèneraient. Mais plus elle parlait, plus les bruits s'intensifiaient : sifflements, explosions, coups et voix assourdies. Sara craignit d'être emportée ou broyée par ce qui se passait derrière le mur. Elle savait qu'il y avait là une force démoniaque. Et pourtant, parce qu'elle était têtue, ou trop gênée, ou peut-être pour se prouver qu'il n'y avait rien, qu'on ne pouvait rien contre elle, elle ne bougea pas.

Pour Mark, Sara était simplement en train de sombrer dans la folie. Elle était assise par terre, mais ses fesses ne touchaient pas le sol tellement elle était tendue. Elle racontait n'importe quoi et sursautait sans cesse en jetant des coups d'œil tout autour d'elle. Tout à coup, elle sauta dans les bras de Mark.

– Tu n'entends pas ? lâcha-t-elle.

Le ronronnement était terrifiant, comme un animal sauvage dans un film d'horreur, si fort que Sara crut céder à la panique.

– Je n'entends pas quoi ? Il ne se passe rien, souffla-t-il.

Sara l'inquiétait vraiment.

– Mais c'est... tu n'entends vraiment rien ?

Il y eut un nouveau bruit, un rugissement digne du Minotaure, puis une voix masculine pressante mais basse. Tout à coup, une fille hurla de douleur. Cette voix suraiguë était terrifiante. Sara comprit qu'elle sortait de la gorge d'une très jeune fille.

Mark repoussa Sara et reprit les clés.

– On va bien voir, dit-il d'une voix grave.

Sara recula en regardant par-dessus son épaule, terrifiée à l'idée que les bruits réveillent toute la maisonnée. Pendant ce temps, Mark essayait les clés une par une.

Tout à coup, les cris s'arrêtèrent. Sara perçut sa propre respiration saccadée. Le seul bruit était soudain le bourdonnement de la maison endormie et celui des clés de Mark. Il fit défiler tout le trousseau, qui contenait peut-être une trentaine de clés, en vain. Puis il s'arrêta. Sara était blanche comme un linge.

– Qu'est-ce qui se passe ? demanda-t-il.

– Elle a arrêté de crier. Peut-être qu'elle est morte. Tu penses qu'ils l'ont tuée ?

Mark fit une grimace. Comment pouvait-il le savoir ?

– Soit je deviens folle, soit ils viennent de tuer quelqu'un. Débrouille-toi pour ouvrir.

Mark se passa la langue sur les lèvres et reprit le trousseau de clés. Cette fois, l'une d'elles pivota d'un quart de tour.

Il abaissa la poignée, et la porte s'ouvrit. Ils découvrirent... une autre porte. Ils se trouvaient maintenant dans un sas de deux mètres qui donnait sur un battant métallique sans serrure.

Sara poussa un gémissement et se jeta dessus. Ses mains glissèrent le long de la surface, où il n'y avait pas la moindre prise. Elle se remit à quatre pattes pour renifler et, sous ses doigts, sentit tout à coup quelque chose de bizarre et de froid. C'était un bout de sandwich moisi, qui traînait sans doute là depuis des jours.

Dès qu'elle comprit ce que c'était, Sara le lâcha. Il sentait mauvais. Mark se mit à genoux et l'écarta avec le bout d'une clé.

– Du jambon, dit-il.

Il leva les yeux, et leurs regards se croisèrent. Il y eut un silence. Puis ils furent tous deux pris d'un fou rire.

Un long moment, ils ne purent se regarder. Ils essayèrent d'apaiser leur rire, en vain. Le coup du sandwich, c'était trop drôle. Mark avait envie de faire une blague sur le fantôme au jambon, mais son fou rire était tel qu'il ne pouvait parler. Cependant, leur amusement ne dura pas. Tout à coup, Sara poussa un cri de terreur. Mark suivit son regard jusqu'à la porte en métal. Il ne vit rien mais, sous les yeux de Sara, à quelques centimètres, une silhouette se matérialisa: la fille sans visage.

Elle saignait à nouveau mais, cette fois, ne faisait aucun bruit et franchit de façon presque majestueuse la porte qui sembla se gonfler avant de reprendre sa forme. Sara se plaqua contre le mur, mais la silhouette la frôla malgré tout. Devant la seconde porte, qu'ils avaient fermée pour étouffer leurs rires, la créature s'arrêta, comme si elle ne pouvait pas passer. Sara vit l'arc de ses dents dans sa bouche dépourvue de lèvres, ses os ensanglantés sans chair, et ses deux grands yeux clairs qui lui lancèrent un étrange regard.

Elle eut un haut-le-cœur. Elle ferma les yeux et détourna la tête. Mais Mark ne voyait rien. Il lui posa la main sur le bras. Sara leva la tête. Le fantôme était toujours là, à attendre allez savoir quoi.

– Ouvre-lui, gémit-elle, en regardant avec horreur Mark se pencher à travers la silhouette torturée pour saisir la poignée.

Aussitôt, la fille sortit. Sara lui courut après mais, au bout de deux pas, elle avait disparu. Seule une faible odeur de sang et d'antiseptique subsistait dans l'air.

Sara s'arrêta, impuissante devant une telle douleur. Elle se tourna vers Mark et fondit en larmes.

Il la prit dans ses bras.

– Maintenant, on y va, dit-il.

Sara fit signe que non.

– Je l'ai ouverte, non ? lança-t-il, furieux.

– Ce n'est pas la question, répondit Sara.

Mark se plaça face à la porte métallique.

– Il n'y a aucun moyen d'entrer, déclara-t-il.

Sara continua à se taire, mais regardait toujours fixement la surface en métal. Peu à peu, les cris reprirent. Et cette fois, très faiblement, Mark les entendit.

Plus tard, de retour dans sa chambre, les larmes de Sara coulèrent sur les bras nus de Mark. Elles étaient aussi froides que la glace. Et, sur sa manche, à l'endroit où l'apparition l'avait frôlée, il y avait une trace de sang.

Mais Sara ne voulut rien entendre. Mark ne put la convaincre de partir avant qu'elle sache ce que cachait cette seconde porte. L'opération chirurgicale devait avoir lieu deux semaines plus tard.

On a reproché à Mark de ne pas avoir réagi plus tôt, mais il est le premier à s'en vouloir. Or, il a fait tout son possible pour la convaincre. Il semblait évident que Sara n'était pas en état de subir la moindre opération de chirurgie, elle-même l'admettait, et Mark aurait tout fait pour la sortir de là, y compris la kidnapper si nécessaire. Mais les événements le devancèrent.

Nous connaissons tous l'épilogue de cette histoire, tout du moins, nous en avons une idée. Les journaux, la télévision et la radio, en cour de justice et dans les bars, tout le monde en a parlé. On connaît la fin. Mais ce qui a mené à cette fin, c'est une autre histoire. L'idée communément admise – en tout cas la version de la justice – c'est que Sara a été contrainte ou bercée d'illusions, voire les deux. Il y a cependant une autre version possible : celle que Sara ait été complice de son propre destin, qu'elle se soit délibérément sacrifiée pour satisfaire son ambition. Cela paraît fou, mais nous savons qu'elle y a pensé, comme le prouve son journal vidéo.

Sara, 30 juin 2005

Sara est agenouillée sur son lit face à la caméra, posée sur une étagère. On a l'impression qu'elle regarde l'objectif, qu'elle a dû placer de manière à se voir en parlant.

Ça ne me gênerait pas, vous savez.

Elle tourne la tête pour s'observer.

Que contient un nom, un visage ? Ce n'est qu'une apparence. En tout cas, pour moi. Tous ces gens qui me regardent, qui me vénèrent, qui m'imitent, qui veulent être à ma place. C'est comme si j'étais deux. Pas vraiment, mais la question n'est pas là. La question, ce n'est pas qui vous êtes, mais ce que les gens pensent que vous êtes. Vous imaginez ce qu'ils peuvent penser de Sara Carter ? Ou ce qu'ils ressentent ?

Elle sourit.

Comme ça, je l'aurai fait. Je deviendrai quelqu'un d'autre. Mon histoire fera le tour du monde. La fille qui est devenue Jonathon Heat. La fille qui a donné sa beauté. On dirait un conte de fées. Pendant longtemps, on racontera cette histoire aux enfants avant qu'ils se couchent. Tout le monde saura qui je suis. Tout le monde ! Sauf moi, peut-être...

Elle porte la main à sa cicatrice.

J'aimerais bien qu'il la garde.

Elle s'observe en silence.

Qu'est-ce que ça ferait, selon vous, d'être un autre, d'enfiler une enveloppe extérieure comme on met un vêtement ? Ça pourrait être drôle. Votre visage, c'est vous. Alors, si vous changez de visage, est-ce que vous changez aussi ? Je pense que oui. Je pense que dans ce cas, on devient quelqu'un d'autre. Vous savez quoi ? Ça me serait égal de changer ça, aussi.

Silence.

Mais je ne le laisserai pas faire.

Elle tend la main pour éteindre la caméra.

Le retour de Bernadette

En Jamaïque, alors qu'elle offrait de grosses sommes d'argent à diverses associations caritatives avec lesquelles elle avait peu ou pas de contacts, elle était de plus en plus inquiète quant à ce qui se passait en Angleterre. On lui avait promis qu'elle s'occuperait de la jeune fille après son opération. Mais dans ce cas, Bernadette devait revenir pour la date de l'intervention. Alors pourquoi était-elle tenue à l'écart ? Uniquement pour signer un chèque de temps à autre ? Elle était triste que Jonathon croie l'éloigner si facilement dès qu'il ne souhaitait pas sa présence. Elle était partie depuis près de deux mois. Pendant un temps, elle avait réussi à chasser cette histoire de son esprit. Mais la date de l'opération se rapprochant, l'histoire lui revenait en tête. Bernadette n'aime pas faire de vagues, pourtant c'est une femme carrée. Et sa conscience commençait à lui poser problème.

À la fin de notre rencontre, le pasteur me dit avec une poignée de main: « Bernadette a de l'intuition, elle sent toujours ce qui va se passer. Mais elle ne se fie jamais à son instinct, sauf lorsque c'est trop tard. »

Bernadette fit un geste de la main, mais je sentis qu'il avait raison. En tout cas, le 29 juin au soir, ou la veille, elle appela Sara sur son portable, ce qu'elle n'avait pas fait depuis plusieurs semaines, et lui posa une seule question:

– As-tu revu ce fantôme?

– Une ou deux fois, répondit Sara.

Bernadette sentit à la voix de la jeune fille qu'elle avait peur. Elle décida de rentrer.

Elle ne prévint pas Jonathon de son retour, car il aurait refusé. Dès qu'une opération se préparait, il la tenait à l'écart, sous prétexte qu'il ne supportait pas l'atmosphère glaciale entre le docteur Kaye et Bernadette dès qu'ils devaient travailler ensemble. Elle avait longtemps cru ce que Heat lui racontait mais, désormais, elle savait qu'il la gardait à distance pour faire des folies sans qu'elle en soit témoin. On pouvait considérer que Jonathon Heat était responsable de ses actes. Mais cette fois, une jeune fille était impliquée. En l'absence de ses parents, Sara avait besoin qu'on veille sur elle. Bernadette ne voyait pas qui pouvait s'occuper de Sara à part elle. Dans la soirée, elle prit sa décision.

« C'était déjà trop tard, et c'est entièrement ma faute. »

Rien de ce qu'on put lui dire ne la fit changer d'avis.

Bernadette ne passa même pas chez elle à Manchester, elle se rendit directement à son appartement au manoir.

Bien entendu, Heat fut aussitôt averti de son arrivée. Elle prenait un bain quand le téléphone sonna.

– Bernadette, dit-il presque en chuchotant. À quoi devons-nous ce plaisir ?

Quand il l'appelait par son prénom, elle se savait en mauvaise posture. En temps normal, c'était Bernie.

– Je n'avais rien à faire en Jamaïque pendant une semaine. J'ai décidé de rentrer pour voir comment ça se passait ici.

– Ce n'est pas un moment très opportun.

Bernadette prit une grande inspiration et alla droit au but.

– C'est Sara, dit-elle. J'ai peur pour elle.

Il y eut un silence, qu'elle se sentit obligée de combler.

– Cette opération, Jonathon. Elle est si jeune.

Heat poussa un soupir agacé.

– Elle a une cicatrice sur le visage, ce n'est que très normal qu'elle veuille la faire disparaître. Précisément parce qu'elle est jeune et belle.

– Elle est très belle comme ça.

– On n'est jamais trop beau.

Ayant abattu toutes ses cartes, Bernadette ne voyait pas l'intérêt de continuer à tourner autour du pot.

– Que vous laissiez ce boucher la toucher, je ne parviens pas à y croire, explosa-t-elle. Monsieur Heat, si elle doit vraiment se faire opérer, conduisez-la dans une vraie clinique.

– Nous avons déjà eu cette discussion, dit froidement Heat. Cela ne vous regarde pas. Vous auriez dû rester en Jamaïque.

– Je suis infirmière.

– Dans cette maison, vous êtes une œuvre de bienfaisance, lâcha-t-il.

À cette remarque, Bernadette sentit à quel point il était furieux.

Depuis sa baignoire, elle écoutait son employeur souffler bruyamment dans le combiné. Il attendait qu'elle s'excuse. Tout en elle lui commandait de reprendre le prochain avion pour la Jamaïque. Mais même si elle se sentait mal à l'aise, sa conscience – enfin ! – fut la plus forte.

– Monsieur Heat, dit-elle fermement. Le docteur Kaye n'a aucun sentiment humain. Et vous, Jonathon, vous êtes malade. Vous pourriez faire beaucoup de mal à cette jeune fille. Vous formez un mauvais duo. Sara mérite mieux que ça.

Elle entendit Heat avoir une sorte de hoquet. Cela faisait longtemps qu'elle ne lui avait pas parlé aussi franchement. Elle ajouta :

– Je suis désolée, monsieur Heat, mais c'est comme ça que je vois les choses.

Bernadette crut qu'elle allait être licenciée et sommée de quitter la maison sur-le-champ. Mais Heat semblait désemparé.

– Je comprends, je comprends, martela-t-il.

Il avait le souffle coupé. Il n'avait pas l'habitude que quiconque lui résiste...

– Je vais informer le docteur Kaye de mes préoccupations, bien évidemment, dit-elle. Ainsi que les autorités appropriées.

Il y eut un silence. Bernadette avait réussi son coup. S'il y avait bien quelque chose que Heat ne supportait pas, c'était que des membres de son personnel donnent des informations sur ce qui se passait au manoir.

– Je n'ai pas besoin de vous rappeler que vous avez signé une clause de confidentialité, Bernadette, dit-il froidement.

– Je ne parle pas des magazines, monsieur Heat. Je parle des autorités.

– Peu importe de qui il s'agit. Tant que vous n'en faites rien. Je reviens à vous.

Incapable de parler davantage, il raccrocha.

Bernadette sortit à la hâte de son bain, enfila des vêtements propres sans prendre la peine de se sécher et courut voir Sara.

Elle la trouva dans sa chambre avec son masque de Jonathon Heat en train de regarder la télévision. Sur une table près de la fenêtre, il y avait un petit gâteau glacé que Jonathon lui avait offert la veille. Il s'inquiétait qu'elle ne mange pas assez – Sara continuait à perdre du poids, malgré tous les efforts de son nutritioniste – et il essayait de l'appâter avec des friandises.

Dès qu'elle vit Bernadette, Sara lui sauta au cou.

– Bernie ! Je n'espérais pas ton retour ! Tu as terminé ce que tu faisais en Jamaïque ? C'est génial !

Bernadette fut touchée par cet élan. Elle avait oublié à quel point, en peu de temps, elle s'était prise d'affection pour Sara. Elle la serra dans ses bras, puis souleva son masque pour l'embrasser. Sara se laissa faire, mais le remit aussitôt. Un mauvais signe, jugea Bernie, qui ne dit rien. Elles s'assirent sur le lit pour bavarder. Quand elle questionna Sara sur les apparitions, la jeune fille se défila. Elle avait une kitchenette dans sa chambre, et elle servit à Bernie un thé avec une tranche de cake. Elle en prit elle-même un peu, glissant des petits bouts sous son masque.

– Retire ça, pour que je sache à qui je parle, la gronda Bernie, mais Sara refusa. Tu n'as pas eu d'autre accident, au moins ?

– Mais non, protesta-t-elle.

Elle souleva son masque une seconde pour que Bernadette l'examine, puis le remit.

– Quelle jolie fille…, fit-elle.

– Flatteuse, rétorqua Sara. Je me sens bien avec ce masque, c'est tout.

Avant l'arrivée de Bernie, Sara avait maquillé le masque avec des couleurs douces. Sa trousse était encore sur la table. Elle se mit à décorer le glaçage du gâteau.

– C'est du gâchis, lui reprocha Bernadette.

Sara lui lança un regard noir. Bernadette se mordit les joues. Elle était nerveuse, ce qui la rendait autoritaire. Un vieux défaut.

Elle s'approcha pour voir ce que faisait Sara, qui dessinait un affreux visage à la surface du gâteau. Puis elle se pencha pour lui murmurer à l'oreille :

– Tu ne vas tout de même pas te laisser opérer, espèce de jeune idiote, hein ? Réponds-moi. Je suis folle d'inquiétude.

Sara se tourna vers elle et murmura:

– Attention, Bernie, il y a peut-être un micro dans le gâteau!

– Je suis sérieuse.

– Moi aussi. Désolée, Bernie, ajouta-t-elle en voyant qu'elle l'avait énervée.

Sara lui fit signe d'approcher et lui murmura à l'oreille:

– Je ne serai même pas là.

Bernie l'observa pour voir si elle devait la croire. Elle en conclut que non, mais elle feignit le contraire.

– Formidable! dit-elle tout fort.

Sara fronça les sourcils.

Bernadette se pencha à nouveau pour lui murmurer:

– Et quand pars-tu? Tu veux que je t'accompagne?

Sara porta la main sur son nez.

– Vaut mieux que tu saches pas, ma fille, dit-elle en parlant comme un cow-boy. Puis elle jeta un coup d'œil à Bernie.

– Et si j'étais prisonnière ici?

– Oh, Sara, arrête! s'exclama-t-elle.

L'infirmière était au bout du rouleau. Elle subissait le décalage horaire (elle était arrivée directement de l'aéroport) et elle était tendue depuis sa conversation avec Jonathon. Et voilà que Sara, pour qui elle avait fait tout ce chemin, se moquait d'elle. Bernadette n'en pouvait plus. Des larmes jaillirent de ses yeux.

Sara la regarda, sidérée. Elle se leva, retira son masque et la prit dans ses bras pour lui donner un gros baiser.

– Des vraies lèvres pour toi, Bernie, souffla-t-elle, comme quelques semaines plus tôt. Ne t'inquiète pas. Tout est réglé.

Toutes deux se dévisagèrent un moment, puis Sara recula, enleva son masque et se mit de profil pour montrer la marque que le fer à repasser avait laissée sur son visage.

– Tu crois que je pourrai être un jour à nouveau jolie ?

– Mais tu es jolie !

– Peut-être. De toute façon, Bernie, ça n'a aucune importance. En fait, je m'en moque d'être jolie. Peut-être que je devrais garder cette cicatrice. Tu penses qu'un garçon s'intéressera quand même à moi ? Ou qu'il fera juste semblant ?

– Seul un idiot ferait semblant.

– Oui, mais les garçons sont idiots, non ?

– Tu ne tomberas pas sur un idiot, ma chérie, dit Bernadette en essuyant ses larmes. Tu trouveras un garçon adorable et sensible. Et cette cicatrice, qui est-ce que ça gêne ? Mais si vraiment ça te préocupe..., reprit-elle, en pensant que c'était le cas. Tu peux toujours la faire arranger. Mais pas par le docteur Maboule.

Elle regarda Sara d'un air sévère et agita un doigt.

– C'est bien clair ? On est d'accord ?

Sara éclata de rire et remit son masque.

– D'accord.

Puis elle donna une tape amicale à Bernie, comme on caresse un chien.

– C'est génial que tu sois revenue. Vraiment. Tu me manquais. Tu es la seule à qui je peux parler, ici.

Elles se jetèrent à nouveau dans les bras l'une de l'autre. Bernie se sentait un peu mieux. Puis Sara s'approcha de sa coiffeuse, où elle démaquilla son masque pour fabriquer un autre visage, que Bernie découvrit avec dégoût.

Sara adorait décorer ses masques, elle y consacrait des heures. Elle en avait toute une collection, certains avec des paillettes et des traits délicats, d'autres avec des cicatrices et un bandeau sur l'œil comme un pirate, d'autres couverts de plaies et de bosses, certains semblables à des personnages de manga.

– Laisse-moi m'amuser, dit Sara.

– Quel amusement…

Mais, tout à coup, Bernadette eut une idée.

– Tu n'as pas encore dit à Jonathon que tu ne voulais pas te faire pas opérer, n'est-ce pas ?

Sara se figea sur place. Bernie sentit l'inquiétude chez la jeune fille. Mais elle n'avait pas le choix.

– Pas encore, répondit Sara. (Elle haussa les épaules et se tourna face au miroir.) Je lui dirai demain, annonça-t-elle.

Bernie fronça les sourcils.

– Ce n'est pas très gentil pour lui, non ? Après tout ce qu'il a fait pour toi...

Sara se retourna.

– Et pourquoi ? Qu'est-ce qui n'est pas gentil ?

Bernadette réfléchit avant de répondre. Elle n'était pas sûre de sa stratégie.

– Il paie pour ça, il a tout préparé. L'opération doit avoir lieu dans quinze jours. Tu ne penses pas que tu devrais le lui dire au plus vite ?

Sara fit la grimace. Même si elle était ravie de voir Bernadette, sa présence se révélait un problème. Celle-ci débarquait le jour où Mark et elle avaient prévu de forcer la seconde porte. Sous son lit, son sac était prêt. Ils avaient décidé de passer par-dessus les grilles – Sara n'arrivait pas à croire que Heat les laisserait partir librement. Et Bernadette revenait en faisant toute une histoire de l'opération. Il ne fallait pas qu'elle lui mette des bâtons dans les roues.

Sara se tourna vers le miroir, comme si ça lui était égal.

– Je lui dirai demain. Mais... pas maintenant.

– Et pourquoi pas ?

– Qu'est-ce que ça change, Bernadette ? Ça n'a aucune importance. Je lui dirai demain, d'accord ?

Bernadette se tut. Elle était certaine que Sara lui cachait quelque chose, mais elle n'aimait pas faire d'histoires. Après tout, un jour de plus ou de moins... L'opération n'aurait pas lieu avant deux semaines. Alors Bernadette se tut, même si son instinct lui commandait le contraire. Elle regrette encore cette décision. Sara roula des yeux, s'empara d'un crayon, se pencha vers le miroir et se mit à dessiner un trait autour des lèvres du masque. Le trait finit par former une grosse babine.

– C'est une histoire de fantômes, dit-elle. Je te raconterai ça demain.

Sara dessina une autre ligne furieuse sur le masque.

– Je dois me préparer pour ma séance avec le docteur Kaye, le croqueur de visage, annonça-t-elle.

Sara maquillait parfois son masque pour paraître jolie, parfois pour paraître furieuse, parfois étrange, selon son état d'esprit. Ce dernier jour, elle composa un visage particulièrement curieux. Un sourcil remonté, l'autre abaissé sur l'œil, et un sourire à la fois incrédule et hystérique, comme si on venait de lui raconter quelque chose d'extraordinaire. Sara avait à peine fini qu'on frappa à la porte. Une employée entra, les bras chargés de draps propres. En voyant Sara, elle recula d'un bond et lâcha son fardeau.

– Sara, dit-elle en se pressant les bras contre la poitrine. Vous m'avez fait peur. Qu'est-ce que c'est que ce masque ?

– Na na na, fit-elle, comme une enfant.

Elle se tourna vers Bernie avec jubilation.

– Le vieux croqueur de visage n'osera pas me dire un mot ! s'exclama-t-elle. Laissez-moi m'habiller.

Elle se pencha pour ramasser les draps, qu'elle jeta dans les bras de l'employée, et courut vers son dressing, Bernadette sur ses talons.

À son arrivée au manoir, s'habiller avait été pour Sara une occupation majeure. Elle faisait chaque jour ou presque des séances de shopping avec Heat, où il dépensait des milliers de livres.

Sara avait désormais une pièce entière remplie de vêtements et de chaussures. Au début, elle en était ravie, passant des heures à faire des essayages devant les miroirs, puis convoquant Bernie, Heat ou Janet, selon la personne qui se trouvait dans les parages.

Ce matin-là, comme chaque jour, Sara avait rendez-vous avec le docteur Kaye pour réfléchir à l'opération et se préparer à sa nouvelle vie, la vie que Heat – il le lui avait promis – commencerait dès que son visage serait guéri. Une vie de paillettes et de gloire.

Elle dit ce matin-là à Bernie qu'elle voulait jouer un dernier tour au docteur. Ce visage abominable, avec un sourcil haussé et l'autre descendu sur l'œil, et ce sourire mi-féroce mi-hilare, lui en avait donné l'idée. Elle passa une demi-heure à choisir sa tenue.

Dans d'autres circonstances, Bernadette l'aurait obligée à s'habiller de façon correcte. Mais, cette fois, elle était soulagée que Sara ne prenne pas tout ça au sérieux. Pourtant, elle regrettait que la jeune fille se soit contentée d'une promesse. Elle savait combien elle était lunatique. Pourquoi attendre ? Et si elle changeait à nouveau d'avis ?

Sara essaya de nombreux vêtements pendant que Bernadette riait, la grondait et la suppliait de mettre les choses au clair avec le docteur Kaye. Sara était de plus en plus énervée et, quand le docteur Kaye vint la chercher, elles étaient toutes les deux en colère. Sara partit, laissant Bernie dans sa chambre, à la fois furieuse et inquiète. Par le passé, Bernadette avait déjà assisté à une séance entre Sara et le docteur, et elle voulait être présente à celle-ci. Elle l'annonça au médecin quand il était venu chercher Sara, mais il déclina l'offre.

– J'aimerais voir Sara seul à seul ce matin, déclara-t-il. Je connais votre point de vue, et je vous recevrai à midi trente, si cela vous convient.

Bernadette fit la moue et rejeta la tête en arrière.

– Vu la nature de mes inquiétudes, docteur, dit-elle, j'aimerais vous voir tout de suite.

Le médecin ne répondit pas. Il y eut un silence, brisé par Sara :

– J'aimerais voir le docteur Kaye seule aujourd'hui, déclara-t-elle. J'ai à discuter de choses personnelles.

Elle fit un signe de tête à Bernadette, qui ne réagit pas. Elle était certaine que la jeune fille lui cachait des choses, se moquait d'elle, voire pire. Le médecin fit un signe de tête.

– À midi et demi, dit-il à Bernadette.

Nous avons des photos de Sara avec le masque qu'elle portait ce matin-là pour son entretien avec le docteur Kaye. C'est une œuvre étonnante, qui exprime l'ahurissement comme dans un dessin animé. Sara porte une jupe rouge très courte en forme de trapèze avec un corsage ample et des chaussures à semelles compensées bleu vif. Sa jupe était si courte qu'on voyait son short cycliste chaque fois qu'elle montait une marche.

Ce que le docteur Kaye pensa de son accoutrement demeure un mystère. Cet homme secret, sans famille, mis au ban de sa communauté depuis ses échecs, ne se livrait à personne. Pendant les cinq dernières années de sa vie, il n'avait parlé qu'à Jonathon Heat.

Nous savons qu'il établissait des dossiers et prenait des notes en vue d'écrire un livre sur la chirurgie esthétique. Il avait déclaré à plusieurs personnes qu'une fois ce livre publié, cette discipline serait transformée à jamais. Ses notes ainsi que ses dossiers sur Heat, Sara et toute autre personne, furent détruits dans l'incendie où il périt. Les seules interviews de lui sont les interrogatoires de la police, où il ne se livra pas.

Comme tant de choses qui concernent le docteur Kaye, ses entretiens avec Sara demeurent secrets. Nous savons cependant que, deux heures plus tard, quand Sara regagna sa chambre, elle était dans tous ses états. Bernadette l'y attendait. Elle avait fait en sorte de rester introuvable : elle avait éteint son portable et s'était cachée dans la salle de bains. Des gens étaient entrés à plusieurs reprises, Bernadette entendit prononcer son nom, mais personne ne pensa à aller la chercher jusque-là. Elle entendit Sara rentrer mais, quand elle sortit pour l'accueillir, Sara lui passa sous le nez. Cependant, elle laissa la porte ouverte, et Bernadette la suivit.

– Qu'est-ce qui se passe ? demanda-t-elle. Dis-moi, Sara. Quel est le problème ?

Sara était face au miroir mais, dès que Bernie la toucha, elle sursauta, fondit en larmes et se jeta à son cou.

– Allons, allons, qu'est-ce qu'ils t'ont fait ?

Sara se contenta de sangloter en s'accrochant à Bernadette. Il lui fallut du temps pour se calmer.

Il a été longuement question du motif de la colère de Sara ce jour-là. Les parties civiles ont obtenu le droit pour la jeune fille de ne pas témoigner au tribunal, arguant du fait qu'elle n'était pas assez solide psychologiquement et, depuis, personne n'a eu l'occasion de lui poser la moindre question. Les opinions divergent. Jonathon déclara aux policiers que le docteur Kaye était satisfait de l'évolution de Sara, et qu'elle voulait réellement subir cette opération. Heat admit qu'il avait assisté à la fin de l'entretien, et reconnut qu'ils avaient peut-être été pressants avec Sara, car ils savaient que Bernadette était de retour. Kaye était d'avis que l'infirmière pouvait faire beaucoup de mal à la jeune fille, avec ses opinions religieuses et son opposition de principe à toute opération.

« Nous l'avons peut-être trop assaillie de questions, car nous voulions être certains qu'elle souhaitait cette opération, dit Heat. Nous désirions nous mettre à l'abri de futures accusations. Quand j'y repense, je me dis que nous avons eu tort. »

Ensuite, tous trois avaient visité la clinique du manoir, y compris le bloc opératoire. Sara ne quitta pas son masque, mais Heat prétend avoir vu qu'elle était bouleversée. Il lui rappela que si elle avait le moindre doute, l'opération serait annulée ou retardée.

« Mais elle a insisté pour dire qu'elle voulait cette opération, dit Heat. Ensuite, j'ai eu une conversation avec le docteur Kaye. Nous étions tous les deux préoccupés par la santé mentale de Sara, et j'ai proposé de repousser l'opération. Il m'a assuré que cela lui serait plus dommageable qu'autre chose. »

À la fin de la visite, Kaye avait sorti les papiers que Sara devait signer pour permettre l'opération. Ils avaient déjà été validés par Jessica, sa mère, mais Sara devait à son tour apposer sa signature. D'après Heat, elle s'exécuta sans broncher et retourna dans sa chambre.

Voilà la version de Heat. Celle de Sara, que nous connaissons par Bernadette, est tout autre.

« Il lui a mis la pression de façon à avancer la date de l'opération. Mais Sara avait peur, à cause des dégâts que Kaye avait commis sur le visage de Jonathon. Ils l'ont effrayée en lui disant qu'il fallait faire vite. Quand elle a vu le bloc opératoire, elle a pris conscience de ce qui allait se passer, et elle a paniqué. »

Laquelle de ces versions est la bonne? Peut-être sont-elles toutes deux exactes, mais nous ne le saurons que si Sara brise un jour le silence.

Sanglotante, Sara s'était blottie contre l'épaule de Bernadette. Comme son masque la gênait, elle le posa près du lavabo afin de pouvoir se serrer encore plus fort contre Bernie. Qui se sentit touchée.

– Pauvre petite fille, dit-elle en la prenant dans ses bras.

Sara sanglotait de plus belle. Bernadette décida que la coupe était pleine.

– Ça suffit. Maintenant, tu viens avec moi, commanda-t-elle.

Elle écarta Sara d'elle et la regarda droit dans les yeux, comme si elle pouvait lui transmettre sa détermination, mais Sara lui échappa. Elle secoua la tête, mit ses mains sur ses yeux pleins de larmes et courut à sa coiffeuse pour s'essuyer le nez et les yeux.

– Sara, qu'est-ce qui se passe ? demanda Bernie.

Sara semblait bien plus troublée que ne le justifiaient ses explications. Elle regarda Bernadette dans la glace. Elle s'était un peu calmée.

– Je ne peux pas partir maintenant. Je t'ai dit de ne pas t'inquiéter. J'ai des choses à faire d'abord.

– Quelles choses ? demanda-t-elle, mais Sara refusa de lui répondre.

Bernadette leva les yeux au ciel, désemparée. Elle pouvait difficilement emmener la jeune fille contre son gré.

– Sara, dit-elle, j'ai fait tout ce chemin pour t'aider. Pourquoi tu refuses de me dire ce qui se passe ?

– C'est personnel. Pourquoi tu refuses de me laisser seule ?

– Je ne pense pas que le docteur Kaye accepterait de t'opérer s'il te voyait dans cet état.

Sara se frotta les yeux. Bernadette attendit une réponse.

– Très bien, lâcha enfin Sara. Si je te le dis, tu me laisses un jour de plus ? Promis ?

Bernadette réfléchit un moment, puis refusa.

– Je ne peux pas te promettre ça, Sara. Je ferai ce qui est le mieux pour toi.

Sara tapa du pied d'exaspération. Bernadette semblait douce et malléable, mais elle était aussi pleine de principes. Sara a dû penser que Bernadette, qui avait rendez-vous avec le docteur Kaye, allait de toute façon tout lui raconter. Si Sara était vraiment convaincue qu'il allait lui voler son visage, l'opération était en effet des plus risquées. Peut-être est-ce la raison pour laquelle elle lui donna cette version :

– Tu te souviens du matin de ton départ ? finit-elle par dire.

– Le fantôme ! s'exclama Bernadette, dont le cœur se mit à battre la chamade.

Depuis son enfance à la Jamaïque, où sa grand-mère lui racontait des histoires terrifiantes, elle avait peur des fantômes.

– Eh bien, j'ai trouvé qui c'était.

Elle fit signe à Bernadette de la rejoindre sur son lit, ouvrit un tiroir et en sortit une photo. Par la suite, Bernadette confirma qu'il s'agissait de la photo filmée par Sara dans son journal vidéo. À l'époque, Bernadette reconnut une photo accrochée dans un couloir du rez-de-chaussée. Sara tapota le verre avec son ongle.

– C'est elle. Tu la connais ?

Bernie examina la photo. Le visage était le portrait craché de Sara.

– Mon Dieu, Sara, mais c'est toi ! s'exclama-t-elle.

– Qu'est-ce que c'est censé vouloir dire, selon toi ?

Bernie la regarda d'un air inquiet. Elle examina la photo de plus près.

– Ce n'est pas possible.

– Et pourquoi ? demanda Sara. Pourtant, ce n'est pas moi, puisque cette photo a été prise avant mon arrivée ici.

En se penchant sur le cadre, Bernie observa les autres visages. Elle les connaissait tous. C'était une vieille photo du personnel prise lors d'une fête que Heat organisait parfois pour ses employés.

Tout à coup, Bernadette se souvint de l'identité de cette fille.

– Non, ce n'est pas toi. C'est Katie. Elle travaillait ici.

– Et qu'est-ce qui lui est arrivé? demanda calmement Sara.

Bernie haussa les épaules.

– Elle est partie.

– Brusquement?

– Il y a beaucoup de gens qui travaillent ici, Sara. Je ne me souviens pas toujours de ce qu'ils deviennent.

– C'est important, dit Sara.

Bernie réfléchit, mais secoua la tête.

– Tu te rappelles son nom de famille?

Bernadette chercha en vain dans sa mémoire.

– Eh bien, la créature, c'est elle. Et si c'est elle, cela signifie... Tu vois ce que ça signifie, non?

– Arrête!

– Cela signifie qu'elle est morte.

– Tu racontes n'importe quoi.

Toutes deux continuèrent à observer le petit visage souriant. La fille ressemblait étonnamment à Sara.

Sara détourna la tête.

– Maintenant, tu sais, déclara-t-elle.

Elle disparut dans la salle de bains pour se nettoyer le visage.

Bernadette était tellement terrifiée par cette conversation qu'elle se sentait perdue. Elle avait l'impression que le fantôme la poursuivait, qu'il en voulait à son sang, qu'il allait lui sauter à la gorge. Mais elle sentait aussi que Sara la manipulait. Et de ça, elle était lasse.

Sans un mot, elle tourna les talons et fila dans ses appartements, où elle s'enferma pour pleurer sur son lit. Peu après, Sara frappait à la porte et la suppliait de lui ouvrir, mais Bernie resta immobile jusqu'à ce que le bruit cesse. Elle alla dans la salle de bains pour s'arranger le visage. Au bout d'un moment, Bernadette ouvrit sa porte et partit à son rendez-vous avec le docteur Kaye.

Comme Bernadette passait sur la pointe des pieds devant la chambre de Sara pour se rendre chez le docteur Kaye, Mark, dans sa petite chambre située à un kilomètre de la maison, testait un appareil qu'il avait acheté en prévision de leur nuit d'aventure.

Mark, lui aussi, était bien décidé à sortir Sara du manoir au plus vite. Entre les hallucinations et cette histoire d'opération, il était pris de vertiges. Il ne savait pas s'il fallait la croire, mais il savait que Sara devait quitter cet endroit. Et s'il devait utiliser la force pour ça, s'il devait l'assommer, il n'hésiterait pas. Il la sauverait, de gré ou de force.

Il avait fixé le petit appareil à une caméra digitale. C'était un dispositif flexible qui pouvait passer sous une porte. Il était équipé d'une ampoule et de fibres optiques pour ramener les images à la caméra. Laquelle disposait aussi d'un système infrarouge. Sara et lui pourraient ainsi examiner ce qu'il y avait derrière la porte, enregistrer des images, et emporter ça comme preuve.

Nous savons bien sûr que Sara ne put s'enfuir cette nuit-là, mais nous pouvons croire qu'elle s'y préparait. Son sac était prêt sous son lit. Mark avait demandé à un ami de les attendre à une heure précise devant la propriété. Tout était organisé.

Mais quelqu'un d'autre était prêt, ce que Mark ignorait. À Manchester, Janet était aussi sur le coup.

Des semaines plus tôt, Sara avait pris contact avec différents journaux: *OK Magazine, The Daily Mirror, Heat Magazine, The Sun, The Daily Mail, News of the World*... Elle avait prouvé son identité en leur fournissant des détails sur la maison de Heat et son entourage que le grand public ignorait, et elle les avait avertis qu'une histoire sensationnelle allait se produire. Mais elle n'avait dit ni quoi, ni quand. Juste que c'était imminent, et très grave. Et que ça serait la fin de Heat. Janet devait les prévenir. Sara lui avait même fait livrer un téléphone portable pour apaiser ses craintes d'être repérée. Sara voulait que son départ du manoir se fasse devant les médias du monde entier, afin que l'on sache ce qui s'était passé. Elle voulait apparaître à la télévision en direct.

« Ça devait être son grand lancement », se souvient Janet.

Malheureusement, cette dernière ne savait pas

tout. Sara n'avait pas renoncé à ses projets de gloire. Elle les avait juste modifiés. Elle ne deviendrait pas célèbre avec Jonathon Heat, mais contre lui. Et la presse mondiale serait là pour assister à l'événement.

L'entretien avec le docteur Kaye

Comme chirurgien, nous savons beaucoup de choses sur Wayland Kaye mais, comme individu, sa personnalité est presque aussi difficile à cerner que celle de Sara. Nous connaissons bien sûr l'image que nous ont donnée les journaux : un médecin sans pitié prêt à tout pour valider ses théories et retrouver sa réputation. Heat avait abondé dans ce sens en prétendant qu'il ignorait tout ce qui se tramait. Il a rejeté toute la faute sur Kaye. Même si les tribunaux en ont décidé autrement, c'est la vision qui nous reste.

Kaye n'a jamais été populaire ni sociable, et il semble avoir beaucoup souffert de perdre son aura au sein de la profession médicale. Il ne s'était jamais lié à ses collègues : il était trop compliqué pour faire un compagnon agréable. Suite à ses échecs, il s'était retiré du monde. Il refusait de discuter de ses théories de peur qu'on les lui vole. Lorsqu'il avait une vingtaine d'années, il avait été marié quelque temps, mais Kaye semblait plus attiré sexuellement par les hommes que par les femmes. Il n'avait pas de partenaire régulier et, pour ce que nous en savons, aucun ami gay. Il avait même déclaré à l'une de ses connaissances qu'il détestait la culture gay. Il se rendait deux fois par mois dans le quartier gay de Manchester, mais montait rarement avec le même homme et, à notre connaissance, ne ramena jamais ses amants chez lui.

Nous connaissons peu de chose sur les vingt années suivantes de sa vie. La police a récemment rouvert une enquête sur des meurtres commis vers la fin des années quatre-vingt-dix. Le nom de Kaye y est associé mais, pour l'instant, la police ne dispose d'aucune preuve. Les lecteurs se souviennent peut-être de ces victimes connues comme les « cadavres sans visage » : l'assassin leur prélevait la peau du visage avant d'abandonner leur corps. On pense bien sûr à Kaye, qui aurait de cette manière continué ses expériences sur des personnes non consentantes.

Quand il rencontra Jonathon Heat et comprit que la rock star partageait sa vision de la chirurgie, Kaye dut croire au miracle. Il avait alors plus de soixante-dix ans, et aucun espoir de poursuivre son travail ou d'échapper à la réputation qui lui collait à la peau depuis vingt ans. Et, tout à coup, voilà qu'il se voyait offrir la chance de mettre ses idées en pratique. Les résultats furent d'abord spectaculaires. Kaye semblait capable de réaliser tout ce qu'il voulait. Il était un véritable magicien de la chair. Bien entendu, certains prétendaient déjà qu'il ne s'appuyait sur aucune recherche sérieuse, et que ses expériences pouvaient à tout moment mal tourner. Mais au vu des résultats qu'il obtenait, le public mit ça sur le compte de la jalousie professionnelle.

Kaye donnait à nouveau des conférences, ce dont il était enchanté. Des stars de cinéma, des musiciens, des hommes politiques le courtisaient. Il avait signé un contrat d'exclusivité avec Heat pour cinq ans, mais on disait que de nombreuses personnes souhaitaient l'employer. Pour autant, il continuait à être très solitaire. Il n'était pas aimé des employés du manoir, et il se tenait à distance des membres de sa profession. Il semble qu'au cours de ces années ses seuls contacts aient été avec Heat et, d'après les témoins, ils ne parlaient ensemble que de chirurgie.

Lorsqu'en avril 2003 le visage de Heat s'effondra, Kaye fut de nouveau confronté à l'échec. Mais cette fois, son échec parlait, marchait et lui versait un salaire. Kaye se renferma davantage encore. Sara avait des entrevues quotidiennes avec lui, et peut-être aurait-elle pu nous apprendre des choses à son sujet.

Les enregistrements de Kaye ont été brûlés dans l'incendie qui a eu raison de lui, ce qui a détruit toute trace de son passé professionnel et personnel.

Dans la dernière semaine de sa vie, à l'époque de son rendez-vous avec Bernadette, Kaye était un homme grand et un peu voûté. Il avait quatre-vingt-deux ans. Il ne quittait jamais sa blouse blanche, à croire que le manoir était son hôpital, et que sa journée de travail ne se terminait jamais. Il avait un front haut marqué par des rides horizontales et diagonales qui lui donnaient une apparence terrifiante. L'un des membres du personnel affirma que ces traits ressemblaient à des coups de couteau.

Les relations entre Bernadette et le docteur Kaye n'étaient pas faciles, mais elles avaient toutefois été meilleures que ce jour-là. Déjà quand les opérations de Kaye se passaient bien, Bernadette se méfiait mais, depuis l'effondrement du visage de son employeur, elle en voulait énormément au chirurgien, comme le reste du personnel. Il lui avait un jour rétorqué que « le succès justifie les échecs les plus retentissants », une théorie que Bernadette rejetait en bloc.

Et pourtant, malgré tout ça, elle avait en apparence conservé une forme de respect pour Kaye. Elle voulait convaincre le médecin que Sara n'était psychologiquement pas prête à subir l'opération. Kaye mettait toujours l'accent sur le professionnalisme, et

Bernadette se dit que, si elle réussissait à semer le doute dans son esprit, il annulerait ou reporterait l'opération. Comment pouvait-elle avoir un pareil espoir, nous l'ignorons. Elle avait toujours échoué à convaincre Heat, et nous savons que le docteur Kaye n'avait jamais jugé quiconque inapte à subir une intervention. Mais Bernadette était une éternelle optimiste. Elle croyait en ses arguments et espérait qu'ils pourraient discuter entre professionnels, sans tenir compte de l'état de leurs relations.

Il était assis à son bureau, son magnétophone en marche, et prenait des notes à mesure que Bernadette parlait. Elle fit de son mieux pour l'émouvoir, mais Kaye resta tel qu'il avait toujours été : distant, professionnel, impénétrable. Après lui avoir fait part de ses doutes, elle lui raconta tout ce qu'elle savait sur Sara. Elle lui rappela qu'il avait fait avant le départ de Bernadette un rapport sur les fantômes sans visage que voyait la jeune fille, qui plus est vêtus de ses propres vêtements. Bernadette lui apprit que Sara croyait désormais qu'il s'agissait du fantôme d'une ancienne employée du manoir. « Katie quelque chose. » Elle lui avoua que Sara croyait que la fille était morte et qu'elle avait peut-être même été tuée au manoir.

Elle lui apprit que Sara lui avait déclaré ne plus vouloir se faire opérer.

– Elle m'a dit qu'elle n'attendait que ça ! répliqua le docteur Kaye.

– Mais justement, docteur, rien que le fait qu'elle nous donne des versions diamétralement opposées...

Kaye haussa les sourcils.

– Je suis son thérapeute, madame McNalty.

Ce à quoi Bernadette, qui avait pourtant davantage d'expérience que lui en ce domaine, n'avait rien à répondre.

Elle se pencha sur le bureau et tenta une autre approche.

– Qu'est-ce qui ne va pas, ces derniers temps, docteur ? Je ne vous vois plus jamais sourire.

Ce qui, pensa-t-elle, était culotté, puisque Kaye ne souriait jamais.

Il força pourtant un sourire. Mais plein de regrets, jugea-t-elle.

– Trop de soucis, Bernie, dit-il doucement. J'aurais dû prendre ma retraite il y a bien des années.

– Et pourquoi ne le faites-vous pas ?

– Je ne peux pas le laisser dans cet état.

– Je ne parle pas de lui, docteur. Je parle de cette jeune fille. Elle n'a que dix-sept ans ! Elle a peut-être besoin d'un bout de peau sur le visage, mais rien de plus. Des nouveaux seins, un nouveau ventre et un nouveau nez. Mais de quoi parle-t-on ? À dix-sept ans ! C'est insensé !

– Les temps ont changé, Bernadette. Toutes les jeunes filles rêvent d'opérations comme celle-ci. De nos jours, elles assimilent ça à l'achat de vêtements neufs. (À nouveau, il eut un sourire de regret.) Je n'ai jamais rencontré une seule femme qui aime son corps. Or, de nos jours, pour la première fois, les femmes peuvent avoir ce qu'elles désirent.

– C'est le monde à l'envers, protesta Bernie. S'ils mettaient de vraies femmes dans les magazines et à la télévision, au lieu de corps retouchés, ces femmes comprendraient à quel point elles sont ravissantes sans avoir besoin de se transformer en chair à pâté.

– La politique, ce n'est pas mon domaine, lui rétorqua Kaye.

Puis il ouvrit les mains, comme pour dire : « Que voulez-vous, le monde a bien changé. »

– Wayland, tenta Bernadette.

Il leva la tête d'un air surpris. C'était la première fois qu'elle l'appelait par son prénom.

– Cette jeune fille est malade. Laissez-la tranquille !

– Je ne la harcèle pas, Bernadette. Il s'agit de son propre choix. Qu'elle me dise qu'elle ne veut pas être opérée, et je m'abstiendrai. C'est aussi simple que ça !

– Mais elle est malade !

– Non, pas selon moi. (Il marqua un silence.) Pas de la façon dont vous le pensez, en tout cas.

L'entretien se poursuivit, mais Bernadette se rendit compte qu'elle ne parvenait à rien.

– Je dois vous avouer, docteur, que je ne trouve pas cela très professionnel.

– Toutes les précautions ont été prises, déclara-t-il.

– Et par qui ? Par vous ? Depuis quand un chirurgien est-il aussi le thérapeute de sa patiente ?

– En tant que responsable de l'opération, il est de mon ressort de décider si Sara peut ou non être opérée, répliqua froidement Kaye.

À court d'arguments, Bernadette s'écria :

– Regardez ce que vous avez fait à Jonathon ! Maintenant, c'est le tour de Sara, c'est ça ?

Kaye referma son carnet et déclara :

– Je considère que cet entretien est terminé.

Bernadette devint écarlate. Elle venait de manquer de professionnalisme, et elle s'en excusa. Kaye se contenta d'un signe de tête, puis décrocha son téléphone et dit quelques mots. Il annonça à Bernadette :

– Jonathon aimerait que vous l'attendiez ici. Il veut vous parler en personne avant que toute décision soit prise.

Elle accepta. Mais tout d'abord, il fallait qu'elle aille aux toilettes. Elle quitta le bureau, referma la porte puis, après s'être assurée qu'il n'y avait personne dans le couloir, plaqua son oreille contre le battant.

Il y eut un peu de bruit, puis elle entendit Kaye dire :

– Alors, fière de vous ?

Bernadette sursauta, tout à coup persuadée que Kaye lui parlait. Mais il ne dit rien de plus. Avec qui discutait le médecin, dans un bureau ne donnant sur aucune autre pièce, personne ne le sait. Ceux qui croyaient que Heat tirait toutes les ficelles ont prétendu qu'il s'agissait là d'une preuve que le médecin vivait un chantage. Peut-être parlait-il à une caméra de surveillance ? On peut en tout cas penser que Heat avait écouté cette conversation.

Bernie patienta près d'une heure dans le bureau de Kaye. Elle s'attendait à voir Heat en personne mais, finalement, ce fut le docteur Houseland, l'un des assistants de Kaye, qui lui demanda de lui donner sa version des faits. Bernadette s'exécuta, ravie d'avoir la possibilité de faire entendre son point de vue à quelqu'un d'autre que Kaye lui-même, mais agacée de devoir se répéter.

Le docteur Houseland, qui malgré son nom se prétendait chilien, n'a, comme la majeure partie de l'équipe médicale du manoir, jamais été retrouvé. C'était la première fois que Bernadette le voyait, ce qui n'avait rien de surprenant : le personnel médical changeait tout le temps. Dans l'incendie qui détruisit la maison quelques jours plus tard, on retrouva trois corps, dont aucun ne put être identifié. Le docteur Houseland était peut-être l'un d'eux. À moins qu'il ait réussi à monter dans l'une des voitures ou à bord du petit avion qui quittèrent la propriété cette nuit-là.

Houseland informa Bernadette qu'il y avait des réunions à tous les niveaux pour discuter du problème qu'avaient créé ses révélations. Heat lui-même, apparemment, doutait de l'opération, et il était très probable qu'il l'annule, quoi qu'en pense le docteur Kaye. Bernadette le crut. Que Heat lui-même ait des doutes lui faisait espérer qu'elle parvenait à ses fins.

Houseland lui annonça que Heat allait bientôt la recevoir, et Bernadette, rassurée par cette nouvelle, fut plus que décidée à le convaincre qu'il fallait tout annuler.

Après son entretien avec le docteur Houseland, elle resta seule dans le bureau pendant une heure. On lui apporta une tasse de thé, un sandwich et une tranche de cake, puis on la conduisit dans une pièce plus petite. Après une longue attente, Heat arriva enfin.

Bernadette était très mal à l'aise. Elle avait passé les dix dernières années de sa vie à s'occuper de lui, et il lui vouait une grande reconnaissance. Heat réclamait une loyauté totale de son personnel, par conséquent, le contredire revenait à lui infliger un soufflet. Ce jour-là, Heat n'était pas simplement énervé, mais furieux. Bernadette avait l'impression de lui avoir donné un coup de couteau dans le dos.

Elle vit tout de suite qu'il avait pleuré. Son visage était bien sûr caché par son masque, mais ses yeux ne brillaient pas comme d'habitude.

– Jonathon, pourquoi pleurez-vous ? Ce n'est pas votre visage qu'il va détruire, cette fois.

Heat cligna des yeux pour chasser ses larmes. Fait rarissime, quelques-unes coulèrent sous son masque.

– Je veux juste l'aider, Bernie. Vous le savez. Pourquoi a-t-elle si peur de moi ? Elle ne m'a jamais dit ça. Je veux juste l'aider.

Il essuya le visage sous son masque. Jonathon Heat avait été l'un des hommes les plus beaux et les plus talentueux de sa génération. Maintenant, il était en loques. N'était-ce pas trop cher payé pour la gloire ? se demanda Bernie, mais elle ne pouvait lui poser une telle question.

Alors elle contourna le bureau pour le prendre dans ses bras. Elle n'avait jamais mis en doute ce que Jonathon lui disait. Jusqu'à ce jour. Il enfouit sa tête dans son épaule et pleura.

– Jonathon. Elle vous aime comme nous tous. Mais elle a peur. Elle n'est pas prête à subir ça. C'est une jeune fille malade. Comme vous, vous avez été malade de subir toutes ces opérations. Regardez-vous ! Vous voulez qu'elle finisse comme vous ?

Heat ne répondit rien, mais il continuait à être secoué de sanglots silencieux.

– Elle a besoin d'une autre personne que le docteur Kaye pour prendre soin d'elle, et vous aussi. Combien de fois devrai-je le répéter ? Je vous le dis depuis des années, mais vous ne m'écoutez jamais. Vous pouvez l'aider, et vous venir en aide par la même occasion. Il vous faut un bon psychiatre. Regardez-vous ! Malgré toutes vos bonnes intentions, vous l'entraînez sur le même chemin que vous.

– Mais il y a aussi le docteur Houseland, dit Heat. Il pense qu'elle est prête.

– Il vous faut des avis indépendants, déclara fermement Bernadette.

Elle parla. Heat écouta. Selon elle, il s'inquiétait vraiment pour Sara, mais il était également terrifié par la cicatrice qu'elle avait sur le visage. Il disait que ça le rendait physiquement malade.

– Elle est parfaite, elle est parfaite, n'arrêtait-il pas de dire. Mais cette cicatrice est affreuse. Elle ne peut pas vivre comme ça.

– Mais si elle est parfaite, pourquoi voulez-vous la changer ?

– Pour qu'elle soit encore plus parfaite.

Ils discutèrent pendant plus d'une heure. Heat était inquiet, mais aussi à l'écoute, et il fit des promesses à Bernadette. Déjà, qu'il s'efforcerait de convaincre Sara de renoncer à tous les autres aspects de l'opération, mis à part la cicatrice. Ensuite, qu'il allait faire repousser l'intervention d'une semaine ou deux au moins. Enfin, qu'il l'emmènerait chez un médecin indépendant avant d'aller plus loin.

– Un autre avis, dit Bernadette. Tout le monde a le droit à un autre avis. Ensuite, vous prendrez une décision.

Elle était satisfaite. Heat avait toujours respecté sa parole. Depuis le temps qu'elle travaillait au manoir, jamais il ne lui avait menti.

– Nous avons tous notre histoire personnelle, et nous devons composer avec, reprit Bernadette. La seule chose qui soit certaine, c'est que notre avenir se réduit à chaque instant, tandis que notre passé croît. Je vieillis, vous aussi, elle aussi. Faites-le avec grâce, Jonathon, et laissez-lui la possibilité de le faire avec grâce.

Elle s'y prenait très tard mais, au moins, elle tentait quelque chose. Elle était convaincue d'avoir remporté une manche, mais Heat était bien décidé à lui en faire payer le prix.

– Je vous ai promis des choses, Bernie, dit-il comme elle se levait pour partir. Mais je veux que vous me promettiez certaines choses à votre tour.

– Quoi ?

– Je veux que vous me promettiez de ne jamais révéler tout ça au public.

– Je peux vous le promettre sans souci, Jonathon. Je n'ai jamais imaginé une chose pareille.

– Tant mieux, parce que sinon, je vous traînerai en justice, de même que vos frères et sœurs, vos cousins, les enfants de leurs enfants, quel que soit le pays où ils vivent, et je les déposséderai de leurs biens ainsi que leur progéniture.

Cette menace coupa le souffle à Bernadette. Elle se contenta de regarder Heat remettre son écharpe tandis qu'il s'avançait vers la porte.

– Le docteur Kaye aimerait vous revoir, Bernie, si vous n'y voyez pas d'inconvénient, dit-il calmement. Si vous voulez bien l'attendre ici…

Et il partit.

Cela faisait maintenant plusieurs heures que Bernie passait des entretiens, et elle commençait à se sentir isolée de Sara. Il était grand temps qu'elle aille lui expliquer ce qui se passait, et pourquoi. Mais Bernadette fit confiance à Heat : Sara était à nouveau interrogée à la lueur de ce qu'elle venait de révéler au docteur Kaye. Il ne s'était rien passé de fâcheux. En fait, les événements prenaient plutôt une bonne tournure. Elle attendit donc le retour du docteur Kaye dans le petit bureau.

La pièce où elle se trouvait mesurait une douzaine de mètres carrés, et elle était très haute de plafond, si bien que la fenêtre était hors d'atteinte. Dans un coin, au grand agacement de Bernadette, une caméra de surveillance la regardait. On aurait dit des yeux dans un tableau. Elle n'avait que le choix de rester assise devant ce bureau qui prenait presque toute la place, et de s'accommoder de cet œil malveillant.

Une employée lui apporta une nouvelle tasse de thé ainsi qu'une pile de magazines. On lui proposa aussi un repas, qu'elle accepta. Peu après, on lui amenait une assiette de sandwiches. Elle attendit encore. Au bout d'un certain temps, elle éprouva le besoin d'aller aux toilettes et, quand elle ouvrit la porte, elle découvrit un très grand homme posté devant, qui l'accompagna et la reconduisit au bureau. Il lui expliqua que MM. Heat et Kaye voulaient savoir où elle se trouvait afin de lui annoncer le résultat de leurs entretiens. Peu après, elle déclara au grand homme qu'elle voulait se dégourdir les jambes, mais il lui demanda poliment de rester dans le bureau et de garder la porte fermée. Le docteur Kaye, ou Heat, lui promit-il, ne seraient plus très longs. Il ajouta qu'on s'était plaint de son comportement, et qu'elle n'était plus libre de se promener à sa guise dans la maison.

Alors qu'il refermait la porte, Bernie entendit le bruit discret mais très identifiable d'une clé qu'on tournait dans la serrure. Elle était prisonnière.

Peu à peu, toutes les blagues de Sara sur le docteur Maboule lui revinrent en tête. Sa propre crainte de Kaye, le comportement incohérent de Heat, les heures et les heures d'attente lui parurent tout à coup évidentes. Bernadette se rendit compte que, non seulement la fenêtre était hors d'atteinte, mais qu'elle était constituée d'un épais verre de bouteille. Le seul autre endroit où elle avait vu une fenêtre comme celle-là, c'était dans un poste de police. Quant à la porte coupe-feu, elle était aussi solide qu'un roc. Sans oublier qu'un « gorille de deux mètres de haut » la gardait. Bernadette était bel et bien retenue contre son gré.

À l'instant où elle parvint à cette conclusion, elle bondit sur ses pieds. Si elle devait être prisonnière, et Dieu seul savait pourquoi, elle refusait d'accepter son sort. Elle avait déjà perdu assez de temps comme ça. Elle tambourina à la porte en criant qu'on la laisse sortir. La clé tourna dans la serrure, la porte s'ouvrit. Bernadette voulut se précipiter dans le couloir, mais se heurta à l'homme.

– Madame McNalty…

– Qu'est-ce que vous faites ? Écartez-vous ! Laissez-moi passer !

L'homme prit un air blessé.

– Madame McNalty ! Le docteur va vous recevoir...

– Je dois sortir..., insista-t-elle, en essayant de lui échapper.

Mais l'homme la força à reculer dans la pièce.

– Je vous en prie, madame McNalty, je sais que vous attendez depuis longtemps..., dit-il d'un ton poli mais ferme.

Bernadette lui donna alors un violent coup de pied au tibia, puis fit quelque chose qu'elle n'avait pas fait depuis près de trente ans, le jour où un jeune homme s'était montré trop insistant devant une boîte de nuit de Bristol. Elle le frappa aux testicules.

L'homme se courba en poussant un cri de douleur.

Mais Bernadette avait déjà filé. L'homme, toujours plié en deux, boitilla en criant son nom. Puis il se laissa tomber à genoux et sortit son portable de sa poche.

Bernadette est une femme assez replète, peu habituée à l'exercice physique et, le temps qu'elle atteigne l'escalier, elle était hors d'haleine. Elle dut faire halte. En bas, dans le hall, du personnel allait et venait. Plusieurs employés chargeaient du matériel dans les ascenseurs en direction du sous-sol. Bernie regarda avec fascination quatre brancardiers, les uns poussant un chariot avec des bouteilles d'oxygène, les autres avec des caisses de matériel chirurgical.

À l'autre bout, elle aperçut Heat au centre d'un petit groupe, qui serrait la main à quelqu'un. Il l'avait déjà repérée. Bernadette dévala l'escalier et fonça vers la porte. Mais le temps qu'elle l'atteigne, il l'y attendait déjà.

– Eh bien, Bernie, dit-il d'une voix mélodieuse. Vous avez fait bien du grabuge, dites-moi. Ce n'est pourtant pas votre genre...

– Monsieur Heat...

Bernie porta la main à sa gorge et tenta de retrouver sa dignité, avec peine à cause de son essoufflement et de sa peur.

– Vous m'avez fait enfermer, protesta-t-elle.

– Le docteur Kaye... et moi-même... pensions que c'était mieux ainsi. C'est lui qui a pris cette décision. Bien entendu, vous êtes libre de partir si vous le souhaitez. Sara est aux trente-sixième dessous. Je sais, je sais... Néanmoins, Bernie, elle était calme avant votre arrivée, or elle se trouve désormais dans un état désastreux. L'opération va devoir être repoussée, ne vous inquiétez pas à ce sujet.

– Je pense que vous êtes un être malfaisant, monsieur Heat, malgré votre célébrité, votre argent, et votre bonté.

– Je comprends votre point de vue, Bernie, mais c'est trop tard pour décider que je suis un monstre.

Bernadette le regarda fixement. On ne pouvait pas lui reprocher de ne pas avoir toujours été contre l'opération de Sara. Elle lança un regard soupçonneux au matériel médical qui circulait sous ses yeux.

– Qui sont tous ces gens ? demanda-t-elle.

Heat haussa les épaules.

– Des livreurs. Ce genre de matériel n'arrive jamais à la bonne date, Bernie, vous le savez.

– Et vous me dites que l'opération est repoussée ?

– Oui, répondit Heat. En tout cas, pour ce que j'en sais. Ils sont en train de lui parler.

– Je veux la voir.

– Je suis désolé, ce n'est pas possible. Moi non plus, je n'ai pas eu accès à elle.

– Je suis son infirmière.

Jonathon secoua la tête.

– Non, vous ne l'êtes pas.

C'était exact.

Bernadette tourna les talons. Jonathon la suivit. À hauteur du perron, elle se retourna.

– Vous me le direz dès que vous saurez ? demanda-t-elle d'une voix suppliante.

– Je vous tiens au courant, déclara Heat.

– Quand ?

– Je ne peux pas vous dire quand. Mais je vous tiens au courant. L'opération n'aura pas lieu avant deux semaines au moins, maintenant.

– Vous m'appellerez ce soir ? Pour me dire comment elle va ?

Heat fit un sourire impatient.

– D'accord, je vous appellerai ce soir.

Puis il secoua la tête, visiblement peiné par le manque soudain de confiance de son infirmière.

Bernadette était tout sauf satisfaite, mais elle ne pouvait rien obtenir de plus. Heat lui fit un signe de tête, qu'elle lui rendit, puis elle descendit l'escalier. Au pied du perron, elle leva les yeux vers la star vieillissante. Le menton tendu, il tournait vers elle une tête masquée plus reptilienne que jamais. Bernadette le connaissait assez bien pour savoir que ses lèvres, tout du moins ce qu'il en restait, étaient tirées en une sorte de sourire qui, elle l'espérait, se voulait réconfortant. Pourtant, l'effet produit était celui d'un serpent prêt à attaquer. Quels horribles secrets cachait ce masque ? Combien de vies ces doigts longs et pâles avaient-ils détruites ?

Bernadette n'avait jamais pensé ça de son employeur, et ces questions l'étonnèrent. Elle chancela jusqu'au parking à l'arrière du bâtiment où elle garait son véhicule. Elle s'était tellement démenée qu'elle se sentait épuisée. Tout ce qu'elle voulait, c'était retrouver sa petite maison de Manchester, prendre un bain chaud, manger un morceau et se mettre au lit.

Dans l'après-midi, Sara passa plusieurs heures seule, ce qui était exceptionnel au manoir. Ce fut peut-être l'unique fois où elle resta seule aussi longtemps dans la journée. Pour ce que nous en savons, elle ne vit personne entre treize heures et seize heures, quand Jonathon Heat vint discuter avec elle des dires de Bernadette. De quelle manière elle occupa son temps, ce qui lui passa par la tête, personne ne le sait.

Selon le témoignage de Heat, Houseland et Kaye allaient interroger Sara pour décider si l'opération devait ou non avoir lieu. Il resta plus d'une heure avec elle, puis partit quand Kaye arriva. Kaye lui-même était furieux des derniers développements. Selon lui, Bernadette transformait une opération soigneusement planifiée en vaste farce.

– Cette femme nous gêne, dit-il à Heat quand ils se retrouvèrent pour discuter des événements de la journée. Elle n'est encore ici que parce que vous êtes trop sentimental. Mais elle se met en travers de notre chemin.

Kaye passa près de deux heures supplémentaires avec Sara ce jour-là, parfois avec Houseland, parfois en tête à tête. Il lui fit passer des tests et l'interrogea. Puis il alla retrouver Heat pour lui donner son opinion.

« Sara voulait absolument que cette opération ait lieu », déclara ensuite Heat au tribunal.

Son témoignage sur ce jour-là est confus, ce qui n'a rien d'étonnant, vu l'état où il se trouvait. De manière générale, nous avons très peu d'informations sur ce que Kaye pensait de Sara. Notre principale source est un rapport qu'il avait élaboré sur son cas lorsqu'elle était encore à l'hôpital. Ce rapport est incomplet, mais il donne une vague idée de ce qu'il pensait. Sa théorie allait, comme toujours, à l'encontre des idées reçues.

Pour Kaye, Sara était prisonnière de son propre visage. Son dégoût pour son apparence était si profond qu'elle souffrait d'un permanent sentiment d'aliénation dans son propre corps. Son anorexie en était un aspect, les blessures qu'elle s'infligeait un autre. Kaye déclare qu'elle avait un rapport à l'identité si trouble qu'elle prenait tout comme un jeu. Pour Sara, sa voix, ses manières, et même son apparence, ne lui appartenaient pas.

Il semble penser que l'opération prévue, où elle serait impliquée dans le choix de son apparence, de son corps, était sa seule chance de mener une vie normale.

Tel était l'avis du docteur Kaye avant que Sara vienne habiter le manoir. Il n'y a aucune raison de penser qu'il s'est modifié par la suite. Nous savons qu'après la batterie de tests qu'il lui a fait passer, il en est arrivé à la conclusion qu'annuler ou reporter l'opération était la pire chose qui puisse arriver à Sara. D'après Heat, Kaye lui avait dit que la polémique déclenchée par Bernadette avait des effets négatifs sur Sara, et il était inquiet à l'idée qu'elle entre dans une nouvelle période d'automutilation et ne se blesse vraiment, cette fois. Par conséquent, il décida de pratiquer l'opération le soir même. Et il insista pour que Bernadette soit exclue de la maison.

Heat accéda à ces deux requêtes.

Le dernier jour

La tension des dernières semaines avait plongé Mark dans un état de grande anxiété. Parfois, il pensait que Sara avait raison, que le manoir était l'antre d'un monstre, et qu'il fallait le quitter au plus vite au lieu d'y rôder en pleine nuit. Découvrir ses secrets équivalait à une condamnation à mort. Mark ne craignait pas vraiment pour la vie de Sara et la sienne, mais il n'osait pas non plus imaginer qu'une telle vision cauchemardesque soit réelle. Comment en étaient-ils arrivés là ? Pourquoi avait-il accepté de participer à une telle folie ? Ils étaient à deux semaines de l'opération, Sara n'avait pas envie de poursuivre dans cette voie et, pourtant, ils se trouvaient encore au manoir avec des travaux d'Hercule à accomplir en échange de leur liberté.

Dès que Mark essayait de convaincre Sara, il obtenait des promesses, mais jamais une date précise. Cette fois, c'était enfin le grand jour.

Tout était prêt. Mark avait conservé les clés de Woods le temps de les dupliquer, si bien que la première porte ne présentait pas de problème. Ils s'étaient donné rendez-vous dans la chambre de Sara à minuit trente pour descendre dans les entrailles de la maison et tenter une dernière fois d'ouvrir la deuxième porte, ou au moins de voir ce qu'il y avait derrière. Ensuite, ils s'enfuiraient.

Mais à vingt heures, Sara l'appela. Il y avait du nouveau. Il fallait qu'ils avancent leur projet. Elle voulait qu'il vienne la chercher à vingt-deux heures.

L'affaire devenait très compliquée. À minuit trente, la maison était plus ou moins endormie. À vingt-deux heures, n'importe qui pouvait se trouver dans les couloirs : Woods, un gardien, voire Heat en personne, qui faisait souvent un dernier tour avant de se retirer dans ses appartements.

Mark répondit par texto : « Impossible. »

Elle répondit : « Pas le choix. »

« Pourquoi ? »

« !!! »

« Trop de monde à 22 heures. »

« Pas le choix. Mark, STP. »

Il sentit qu'il n'y avait pas à discuter.

Ce n'est pas la même chose de se glisser dans une maison éveillée que dans une maison endormie. Dans le second cas, il suffit d'être discret. Dans le premier, on ne sait jamais ce qui vous attend au couloir suivant. Jusque-là, Mark s'était senti comme un enfant qui fait une bêtise la nuit, avec la peur d'être pris et renvoyé au lit. Mais cette fois, c'était autre chose. Que se passerait-il s'ils étaient surpris ? Virés ? Grondés ? Tués ? Certainement pas la dernière option. Pourtant, son cœur battait comme si celui-ci savait quelque chose que Mark ignorait.

Il réussit à s'introduire par une fenêtre et s'approcha lentement de la chambre de Sara en bloquant une par une les caméras et en se blottissant à chaque coin pour tendre l'oreille. Deux fois, il dut plonger dans une embrasure de porte quand il entendit des pas et, à l'étage de Sara, il faillit tomber sur Tom Woods et deux hommes de la sécurité qui faisaient leur ronde. Ils apparurent au bout d'un couloir à l'instant où Mark allait tourner le coin. Il fonça dans une pièce sans vérifier ce qu'elle contenait et se retrouva face à une caméra. Il lui tourna le dos, la gela, mais c'était trop tard. Il avait été vu. Si quelqu'un surveillait l'écran à cet instant, l'alerte serait donnée. Le surveillant appellerait Woods, et la porte risquait de s'ouvrir d'un instant à l'autre.

Mark attendit en retenant son souffle. Woods et ses hommes s'approchèrent, puis s'éloignèrent. Quelqu'un n'avait pas fait son boulot dans la salle de contrôle. Mais, dès que Sara aurait disparu, ils vérifieraient leurs bandes vidéo, et ils sauraient. Et là, pas de doute, Heat le poursuivrait en justice.

Mais on verrait ça plus tard. Après une attente raisonnable, Mark se glissa dans le couloir et reprit sa route, aussi prudent qu'un lapin dans le terrier d'un renard, jusqu'à la porte de Sara. Il frappa deux coups rapides, deux coups lents, leur code secret, et il entra.

Il trouva Sara devant à sa coiffeuse, en train de s'observer dans le miroir. Elle se tourna vers lui en souriant. Il fut surpris qu'elle ne lui saute pas au cou.

Puis elle se leva. Il y avait un sac à ses pieds.

– On y va, il faut qu'on fasse vite, dit-elle, anéantissant les derniers espoirs de Mark qu'elle ait oublié l'histoire de la porte.

– C'est quoi le problème ? Pourquoi on ne fait pas comme on avait dit ?

– Je ne peux pas t'expliquer, il faut juste qu'on y aille. Je veux être partie d'ici avant minuit, d'accord ?

Mark ne répondit pas et se contenta de hocher la tête. Du moment qu'elle quittait cet endroit, le reste lui importait peu.

– C'est tout ? demanda-t-il en désignant le sac qu'elle tenait à la main.

Il était minuscule. Heat lui avait acheté des tonnes de cadeaux – certaines semaines, il l'emmenait presque chaque jour faire du shopping. Sara racontait que c'était comme si tout devenait subitement gratuit. Ils en avaient plaisanté tous les deux, de tout ce qu'elle possédait désormais. Il y avait certaines choses auxquelles elle tenait, et c'était étonnant qu'elle emporte si peu de souvenirs. Son petit sac semblait pouvoir à peine contenir une brosse à dents et une trousse de maquillage.

Sara haussa les épaules.

– C'est comme ça, dit-elle. C'est comme ça qu'on prend conscience de certaines choses. (Elle désigna la chambre d'un grand geste.) C'était juste... des cadeaux. De la merde. Et tu sais quoi ? Ça aussi, c'est de la merde. (Elle désigna son visage.) C'est ce qu'il y a à l'intérieur qui compte.

Sara posa la main sur son cœur, comme si elle était une malle au trésor pleine de bijoux scintillants.

Mark lui fit un drôle de petit sourire.

– Tout ça, c'est de la merde, dit-il. Mais toi, tu ne seras jamais de la merde.

Ils se dévisagèrent quelques instants. Puis Sara détourna la tête.

– On y va, dit-elle.

Elle se dirigea vers la porte, puis se retourna.

– Tu as ce qu'il faut ? demanda-t-elle.

Mark lui montra la caméra avec le petit appareil qu'il y avait fixé. Sara sourit, s'approcha pour l'embrasser sur les lèvres et se dirigea vers la porte. Elle attendit que Mark ait vérifié sur son Palm. Il fit signe que c'était bon. Elle ouvrit la porte et ils sortirent.

Ils réussirent à gagner l'étage de service, puis les couloirs qui menaient à la porte verrouillée. Alors qu'ils avançaient, Mark remarqua que Sara ne cessait de jeter des coups d'œil par-dessus son épaule en regardant sa montre. Il lui demanda à plusieurs reprises ce qui n'allait pas, mais elle fit un geste impatient de la tête. Il pensa qu'il s'agissait encore du fantôme, et ne lui posa pas de question à ce sujet.

Ils tournèrent le coin pour prendre le dernier couloir. À nouveau, Sara regarda par-dessus son épaule.

– Tu sens quelque chose ? demanda-t-il, mais elle fit signe que non, et prit le petit couloir en pente vers la porte fermée. Mark la suivit.

Alors qu'ils approchaient, Sara commença à voir des choses que Mark ne voyait pas. Elle sursautait et poussait des petits cris, retint un instant sa respiration, tourna brusquement la tête comme si elle distinguait quelque chose, se poussa comme si elle laissait passer quelqu'un. Mark trouvait ce comportement très énervant, mais il ne parvenait pas à détacher son regard d'elle. Il se sentait comme un aveugle qui progresse au milieu de bêtes sauvages que seule Sara pouvait voir.

Il ouvrit la première porte avec le double de la clé, puis se mit à genoux, sortit sa petite caméra, et essaya de l'allumer rapidement, en vain. Sara se tenait derrière lui et surveillait le couloir. Elle sursautait à des visions et des sons qu'elle seule percevait. Pour finir, Mark réussit à mettre la caméra en marche et la glissa sous la porte. Malgré la certitude de Sara qu'il y avait quelque chose de dangereux derrière ce battant, malgré son propre cœur qui tambourinait, Mark était certain de ne découvrir qu'une pièce vide, des murs et un sol qui n'avaient rien à cacher et qui, surtout, ne retenaient personne prisonnier. Pourtant, son instinct lui soufflait une tout autre histoire. Avec Sara, on ne savait jamais. Et si elle avait raison, alors Heat, malgré ses bonnes manières et ses gentillesses, était un homme dangereux. Si elle avait raison, il était un assassin.

À condition qu'un regard puisse tuer... Le sien, peut-être ?

La caméra mit quelques instants à se régler, puis l'écran s'alluma. Sara posa le menton sur l'épaule de Mark pour mieux voir.

Les lentilles flexibles avaient franchi la porte, mais elles étaient de travers. Elles montraient une plinthe, qui permettait de se rendre compte que la pièce était bien plus grande que toutes celles qu'ils avaient visitées. Mark tripota le fil et réussit à avoir un bref aperçu de l'endroit. Ils découvrirent une machine, des écrans et des cadrans lumineux. Du métal, un appareil sur roulettes. Puis la vue s'élargit.

Il y avait dans un coin près d'un lit, une perfusion accrochée à une potence. Les machines étaient des moniteurs. Sara laissa échapper un petit gémissement.

– C'était donc vrai, souffla-t-elle.

Mark se tourna vers elle. Vrai ? Qu'est-ce qui prouvait quoi que ce soit ? Pourtant, tout à coup, il crut avoir découvert l'endroit où Kaye volait les visages de filles avant de les tuer médicalement et de disposer de leur corps allez savoir comment. Mais, la seconde d'après, Mark se ravisa. Car il ne voyait aucun corps, aucune preuve de crime. Tout le monde savait que Heat avait un bloc opératoire chez lui. Cette pièce, c'était ça.

Néanmoins, il se sentait mal. Les corps de filles et de garçons morts sans visage étaient-ils entassés quelque part, hors de vue ?

– C'est le bloc opératoire, dit-il, et Sara lui lança un étrange regard qu'il fut incapable d'interpréter.

Mark se mit à orienter les lentilles dans tous les sens à la recherche de quelque chose qui confirmerait ou chasserait les doutes de Sara. À cet instant, deux événements se produisirent. Dans le couloir derrière eux, un bruit de pas : un groupe approchait. Mark et Sara poussèrent tous deux un cri aigu et bondirent sur leurs pieds. À la même seconde, une lumière s'alluma dans la pièce. Ils voyaient le faisceau sous la porte. Il y avait quelqu'un à l'intérieur.

Ils étaient pris au piège. Les pas dans le couloir se rapprochaient, et ils entendaient aussi des pas dans la salle. La personne s'approcha de la porte. Mark se jeta vers l'autre porte, celle du couloir, mais c'était trop tard. Le battant métallique s'ouvrit en grinçant. Un visage apparut. Celui du docteur Kaye.

– Tu es en avance ! s'exclama-t-il en voyant Sara.

Puis il lança un regard noir à Mark et ajouta :

– Que fait-il là ?

Mark recula, mais Sara ne bougea pas d'un pouce. On avait l'impression que toute vie l'avait quittée. Elle regardait Kaye bouche bée, le front un peu plissé, comme si elle tentait de comprendre ce qui se passait. Le docteur Kaye les dévisageait d'un air furieux, mais Mark ne vit pas en lui un homme que l'on surprend en plein milieu de macabres expériences. Mark prit Sara par la main. Ce mouvement la fit tituber. Elle ne le regardait pas. Elle avait les yeux fixés sur le docteur Kaye, et des petits bruits s'échappaient de sa gorge. Dans le couloir, les pas approchaient. Main dans la main, Mark et Sara se retournèrent d'un bloc.

Ils se trouvèrent face à Jonathon Heat en personne, accompagné de Tom Woods, d'hommes et de femmes en blouse blanche et des sempiternels gardes du corps. Quand il les aperçut, au lieu de s'arrêter, Heat accéléra le pas. Pour Mark, ses yeux ressemblaient à ceux d'un serpent. Sa tête se balança de gauche à droite, sans qu'il sache s'il s'agissait de colère ou d'anxiété. Les pas faisaient beaucoup de bruit, mais Mark avait l'étrange impression que Heat sifflait sous son masque. Il ne manifesta pas la moindre émotion.

– Bonjour, Mark, dit-il d'une voix doucereuse. Que fais-tu ici ? Cet endroit est interdit au personnel.

Mark haussa les épaules et jeta un coup d'œil à Kaye, puis à la salle. Il avait l'impression de prendre le petit groupe la main dans le sac mais, si on y réfléchissait, qu'est-ce qui pouvait vraiment être retenu contre eux ?

Heat regarda Sara, puis Mark, puis à nouveau Sara. Elle restait plantée avec un sourire idiot sur le visage. Puis elle leva les mains pour se cacher la figure, et Mark prit conscience que c'était sans doute la première fois qu'elle était face nue devant tant de personnes depuis des semaines.

– Sara, dit Heat. Mark est-il venu ici avec toi ?

Elle fit un signe de tête.

– Je suis son petit ami, déclara Mark.

Heat l'observa derrière son masque, et Mark pensa : « Qu'est-ce que tu crois ? Qu'est-ce qui se passe ici, bordel ? »

Mais Heat ne laissa rien transparaître.

– Cela ne me regarde pas, déclara-t-il.

Puis il se tourna vers Sara et lui demanda :

– Tu es prête, maintenant ? Ils nous attendent.

Elle fit un drôle de petit signe de tête.

Mark se passa la langue sur les lèvres. Qu'était-il en train de se produire ? Il avait l'impression qu'une scène inédite se jouait.

– Elle ne veut pas de cette opération, déclara-t-il.

Mark se rapprocha d'elle et lui serra la main plus fort. Sara semblait statufiée. Il ne l'avait jamais vue comme ça, avec ce sourire vide. Sa main semblait froide dans la sienne. Elle s'écarta légèrement de lui. Il lui secoua la main avec inquiétude. Il avait besoin qu'elle lui explique ce qu'ils faisaient là. Le moment était venu de cesser les mensonges.

– Elle n'a pas confiance en vous, explosa-t-il. Arrêtez de jouer à ce petit jeu. On a tout vu. Qu'est-ce que vous allez lui faire ?

Il jeta un coup d'œil à Sara pour qu'elle se range à son opinion.

Quoique ? Et si c'était à lui qu'elle mentait depuis le début ?

Heat ne tressaillit même pas.

– Je ne sais pas ce que je vais faire de toi, Mark. Sans doute te virer. Peut-être que je te poursuivrai en justice pour violation de contrat, je ne sais pas encore. Mais j'aimerais que tu m'expliques ce que tu entends quand tu dis que tu as tout vu. Il n'y a aucun secret dans cette maison.

Mark tourna brusquement la tête.

– Elle ! croassa-t-il en serrant la main de Sara. Il suffit qu'elle le dise ! Pourquoi elle ne le dit pas ?

Heat regarda la salle par-dessus l'épaule de Mark. Il ne trahissait toujours aucun émotion. Il les contourna et leur fit signe de le suivre. Mark et Sara ne bougèrent pas, mais les gardes du corps les forcèrent à entrer dans la salle.

– Il n'y a pas de secret, ici, Sara, n'est-ce pas ? Elle ne t'a pas dit, Mark ? Elle connaît cet endroit, elle y est déjà venue, n'est-ce pas, Sara ? (Laquelle hocha la tête avec un sourire stupide.) C'est le bloc opératoire, Mark. C'est là que l'intervention doit avoir lieu.

Mark se tourna vers Sara, qui avait maintenant l'air perdu.

– Tu le savais ? demanda-t-il.

Sara détourna la tête et fronça les sourcils, comme si elle fouillait dans sa mémoire.

– Nous sommes venus ici aujourd'hui même pour lui montrer l'endroit, annonça le docteur Kaye. Et j'ai passé la soirée à m'entretenir avec Sara, à la préparer à l'opération. Je ne peux pas me permettre de telles surprises de la part de mes patients. (Il lança un regard furieux à Heat.) Peut-être devrions-nous tout annuler. De toute évidence, cette jeune fille nous mène en bateau.

– Oh, non, docteur Kaye ! s'écria Sara.

Mark se tourna vers elle, mais elle retira sa main de la sienne. Elle semblait ne plus savoir vers qui se tourner. Elle mit les mains devant son visage et fondit en larmes.

– Sara, nous avons passé la journée ensemble, et je pensais que tout ça était résolu. Tu sais qu'il te suffit de dire que tu refuses, et on annule tout mais, cette fois, c'est vraiment ta dernière chance. Ce n'est pas gentil pour Jonathon. Alors, qu'en dis-tu ? Nous poursuivons ? demanda Kaye.

Sara s'essuya le nez sur son bras, fit un sourire courageux et dit :

– Oui.

Cette fois, tout alla très vite. Woods s'interposa entre Sara et Mark, poussant ce dernier en direction de la porte pendant que Kaye passait le bras sous celui de Sara et la conduisait dans le bloc opératoire.

– Qu'est-ce que vous faites ? Ce n'est pas encore le moment…, bégaya Mark, désespéré.

– Sara est juste à l'heure, n'est-ce pas, Sara ? L'opération va avoir lieu ce soir, déclara Heat en lançant un regard assassin à Mark. Si tu as profité de cette jeune fille comme je le pense, je te poursuivrai en justice jusqu'à ce que tu en crèves, espèce de salaud.

Un garde du corps s'interposa. Mark fut entraîné dans le couloir. Il ne comprenait pas ce qui se passait, mais Sara avait l'air perdu et désespéré. À croire que la présence de Kaye et de Heat l'avait vidée de toutes ses forces. Mark était certain qu'elle était tombée sous leur coupe, même s'il ignorait comment. Tout à coup, elle semblait une autre. Et pourtant, d'après ce que Heat avait dit, elle savait depuis le début ce que contenait cette salle. Pourquoi jouait-elle à de tels jeux avec lui ? Cependant, même si elle était d'accord, Mark avait l'impression qu'ils la traitaient sans pitié.

Il fut traîné dans les couloirs. Il avançait sans comprendre. Tout à coup, il pensa : « Mais qu'est-ce que je fous ? Sara a des ennuis, elle a besoin de moi ! » Il planta les talons dans le sol, et se mit à crier : « Sara, Sara ! Rejoins-moi ! » Elle s'approcha de la porte. Elle le regarda. Mark résista aux épaules qui le poussaient. Il voyait Woods grimacer de rage, mais il ne céda pas. Il aperçut Kaye derrière Sara.

Tout à coup, elle tendit les bras dans sa direction, comme si elle voulait courir vers lui, comme si elle le suppliait de l'emmener. Elle poussa un petit cri, un cri d'oiseau. Une seconde, tout se figea pour Mark. Il l'appela, elle fit deux pas vers lui, mais juste après surgit, comme un écho, la voix de Heat. Sara s'arrêta, regarda dans la salle, regarda Mark… Puis tourna les talons et entra, de sa propre volonté, dans le bloc opératoire. Mark ne la revit jamais.

Maintenant qu'ils étaient sans témoins, Woods et ses hommes cessèrent de mettre les formes. Ils prirent Mark sous les bras et le portèrent. Mais il avait de toute façon cessé de lutter, d'autant qu'ils se montraient bien plus violents que nécessaire. Ils le transportèrent jusqu'à une camionnette blanche garée derrière la maison et le lâchèrent sur le sol. Quand il se releva, Woods le frappa au ventre si fort que Mark tomba, le souffle coupé. Woods recula, les trois gardes du corps se placèrent autour de Mark et se mirent à le bourrer de coups de pied, sans pour autant s'énerver. Ils ne disaient pas un mot. « Très professionnel », pensa Mark. Rien à la tête ou au visage. Il n'en reste pas moins que, pendant des jours, il fut incapable de respirer sans souffrir.

Woods se pencha pour le fouiller, puis un garde du corps le retourna d'un coup de pied. Ils le relevèrent, le jetèrent dans la camionnette et claquèrent les portes. À l'avant, les portières s'ouvrirent et des gens montèrent. Mark ignorait combien ils étaient, car l'arrière était séparé de la cabine par une paroi opaque. Il y eut un échange de paroles avec le conducteur. Quelqu'un frappa sur le capot, le moteur se fit entendre et la camionnette démarra.

Il n'y avait pas de fenêtres, et pas d'interstice par lequel Mark pouvait voir. Il ignorait totalement où on l'emmenait. Il essaya d'ouvrir la porte avec ses doigts, mais la camionnette neuve possédait des fermetures hermétiques. Heat et ses hommes, leurs motivations, leurs projets, jusqu'où ils iraient : tout ceci était pour Mark un grand mystère. La garde à vue, la prison ou l'assassinat, il ignorait quel sort lui était réservé. Et Sara ? Que se passait-il pour elle ? Heat avait déclaré qu'elle savait depuis le début où se trouvait le bloc opératoire, ce qu'elle n'avait pas nié. Et pourtant, son comportement avait été si confus que Mark n'arrivait pas à croire qu'elle savait vraiment ce qui se passait. Elle avait paru perturbée. Mais en quoi découvrir quelque chose que l'on connaît pouvait-il être perturbant ? Mark se sentait à la fois perdu et terrorisé.

L'opération chirurgicale avait été avancée. Le halo de mystère qui entourait cette histoire s'épaississait. À l'instant même, Sara était livrée au scalpel.

Comme il le dit plus tard : « Je voulais juste qu'elle demande un autre avis. »

Mark essaya de crier et de frapper sur la paroi qui le séparait de la cabine. Au bout d'une minute, la camionnette s'arrêta et quelqu'un lui lança :

– Si je dois venir te voir, je te brise les os, compris ? Et je plaisante pas !

Mark savait que l'homme était sérieux. Il se coucha sur le sol et n'osa plus faire un bruit.

La camionnette redémarra. Mark fondit en larmes. Malgré tous ses efforts, tous ses projets, il avait été incapable de la protéger.

Et là, il se rendit compte que le Palm Pilot était toujours dans sa poche. Il fut d'abord surpris. Comment avaient-ils raté quelque chose d'aussi évident pendant la fouille ? Après l'avoir passé à tabac, on lui avait pris la caméra, mais le Palm avait échappé à leur vigilance.

Mark s'assit aussi doucement qu'il put. Le Palm avait une fonction téléphone. Et il y avait tous ses numéros dedans. Mais qui appeler ? Janet ! Mark s'assit dos à la paroi et se tint la tête entre les mains, pour avoir l'air désespéré au cas où on le surveille, et composa le numéro de Janet.

Elle ne décrocha pas. Sara avait demandé à son amie d'être entièrement disponible sur le portable qu'elle lui avait envoyé, au cas où il y aurait un changement. Janet avait donc coupé son propre téléphone pour ne pas mélanger les appels.

Mark lui laissa un message, puis essaya de la rappeler, en vain.

Toujours assis dans la camionnette, Mark se triturait les méninges. Que faire ? Alerter la police ? Mais de quoi ? Il eut l'impression que tout était perdu. Rien ne pouvait plus arrêter l'intervention chirurgicale. De toute façon, qui avait le pouvoir de triompher de quelqu'un comme Jonathon Heat, capable de débourser n'importe quelle somme pour parvenir à ses fins ?

Pour finir, il lui restait un dernier espoir. Il y avait dans la maison une autre personne qui n'aimait pas Heat, qui méprisait Kaye et qui, il le savait, ne voulait pas que Sara soit opérée. Ils s'étaient rencontrés une fois lors du dîner que Heat avait donné en l'honneur de son arrivée. Il avait parfois pensé à la contacter pour s'en faire une alliée, mais elle travaillait pour Heat depuis si longtemps que cela semblait risqué. Pourtant, il avait pris la peine de récupérer son numéro dans le téléphone de Sara. Il composa le numéro de Bernadette.

Bernadette s'était endormie devant la télévision avec un verre de cognac. Comme promis, Heat l'avait appelée peu après vingt et une heures pour lui annoncer qu'aucune décision n'avait été prise. En décrochant, elle ne reconnut d'abord pas la voix de

Mark et, quand elle entendit les bruits de moteur et ce téléphone qui captait mal, elle eut envie de raccrocher. Mais le nom Sara l'obligea à tendre l'oreille. La voix passait mal, et Mark dut rappeler deux fois car la camionnette traversait des zones non couvertes.

– Son petit ami ? J'ignorais qu'elle en avait un ! grogna Bernadette. Décidément, cette fille ! On ne sait jamais ce qu'elle trafique.

Mark lui expliqua que l'opération avait lieu actuellement.

– Actuellement ? Non, vous vous trompez. M. Heat m'a dit lui-même qu'aucune décision ne serait prise avant demain matin.

– Non, en ce moment ! Ils sont en train de l'opérer. Je les ai vus. J'étais avec elle. Bernadette, elle pense qu'ils veulent lui voler son visage. Vous croyez que ça peut être vrai ?

– Non, non, je vous ai dit, M. Heat lui-même...

– Ils l'ont emmenée. Ils m'ont fait prisonnier et ils m'ont passé à tabac. S'il vous a raconté ça, c'est qu'il vous a menti.

Bernie se raidit.

– Comment le savez-vous ?

– Parce que j'étais là, Bernadette ! J'ai tout vu. Vous devez faire quelque chose.

Lui mentir ? Heat et ses médecins avaient souvent énoncé des demi-vérités de façon à ce que leurs paroles puissent être interprétées de plusieurs façons. Mais, cette fois, il s'agissait d'un vrai mensonge.

Si c'était vrai.

– Ils la tiennent. Vous devez les arrêter.

– Attendez une seconde.

– Je n'ai rien d'autre à faire.

Bernadette raccrocha et appela aussitôt le manoir. Le portable de Heat était éteint, tout comme celui de Kaye. Elle téléphona au personnel, parmi lequel elle avait encore des amis. On lui confirma la nouvelle. Son informatrice, l'une des femmes de chambre, accepta de lui parler en dépit de l'interdiction. Et c'était vrai. L'opération avait commencé.

Heat lui avait donc menti. Bernadette eut l'impression d'être engloutie par un tsunami. Les évaluations médicales, le sérieux professionnel: tout ceci n'était que mensonge. Heat mentait. L'opération n'avait pas été retardée, au contraire, elle avait été avancée. Même à Bernadette, on avait menti. Meurtre, kidnapping, désormais, toutes les craintes étaient permises. Elle leva les bras au ciel en poussant un cri. Quelle idiote: la pauvre enfant avait besoin d'elle, Bernadette avait traversé l'Atlantique pour elle, puis s'était installée devant la télé avec un cognac au moment où le scalpel frappait. Sara était entre les mains du dragon, de Barbe-Bleue, de ce voleur d'âme et de visage, de Jonathon Heat. Tout ça parce que Bernadette avait laissé faire…

Elle rattrapa le téléphone qu'elle avait laissé tomber de stupéfaction. « Je te rappelle », dit-elle à la femme de chambre. Et elle composa le numéro de la police.

Dans la camionnette, Mark tenta à nouveau de joindre Janet, en vain. Il rappela Bernadette, dont le téléphone sonnait occupé. Il lui laissa un message avec le numéro de Janet. Il ne pouvait rien faire de plus.

La camionnette fonçait dans la nuit. Sa chère Sara ! Il avait voulu la sauver, et il avait échoué.

Il se mit dos à la paroi, la tête entre les mains et fondit en larmes.

Le visage de Sara

« Elle pense qu'ils veulent lui voler son visage », avait dit Mark.

Cette phrase laissa Bernadette sans voix. Rien que d'y songer... Mais, bien sûr, cela n'avait pas de sens. Heat était malade et Kaye fou, mais aucun d'eux deux ne ferait une chose pareille, même s'ils espéraient rester impunis. La question n'était pas là. La question, c'était l'état de Sara, ce qui était suffisant. La jeune fille n'était pas prête à subir une opération du visage, et encore moins des coups de scalpel sur presque tout le corps, comme le prévoyait Kaye.

Malgré tout, allez savoir comment, à eux deux, ils avaient convaincu Sara de se faire opérer.

Bernadette avait été retenue tout la journée, mise à l'écart de la jeune fille, puis chassée de la maison. Elle s'était vue faire des promesses non tenues au final. Heat en personne lui avait menti. Elle ne savait pas exactement ce qui se tramait au manoir, mais elle savait qu'elle avait abandonné Sara, et maintenant, elle était bien décidée à voler à son secours.

Et si c'était vrai ? Mon Dieu, si c'était vrai ?

Son premier coup de téléphone fut donc pour la police. Le nom de Jonathon Heat attira aussitôt l'attention et, bientôt, Bernadette expliquait ses craintes à l'inspecteur Derrick Alderson. Le policier l'écouta avec attention lui parler de l'opération, des mensonges de Heat, du kidnapping et du passage à tabac de Mark, désormais enfermé dans une camionnette qui se dirigeait vers une destination inconnue. Comme beaucoup de gens, le policier avait suivi dans la presse l'effondrement du visage de Heat, et il se méfiait de Wayland Kaye. Mais il n'avait aucune raison de croire ce que lui disait Bernadette et, même s'il l'avait crue, il voyait mal ce qu'il pouvait faire si l'opération était en cours.

Le temps pressait. Bernadette était aux abois.

– Appeler Mark, le garçon, vous pouvez déjà faire ça, non ? Ensuite, contactez tout le monde. Déjà, sa mère pour voir si elle est au courant. Je vous le jure, il se passe quelque chose.

Elle prit une grande bouffée d'air avant de donner un argument qui, elle le craignait, la ferait passer pour une folle aux yeux de la police.

– Selon le garçon, Sara pense qu'ils veulent lui voler son visage.

– Lui voler son visage ? Mais comment pourraient-ils faire ça ?

– C'est techniquement possible, de nos jours. Ce docteur Kaye est capable de tout.

Il y eut un silence à l'autre bout de la ligne.

– Je ne dis pas que c'est vrai, bégaya Bernadette en retenant ses larmes. Je dis juste que Sara s'imagine ça. Mais une jeune fille qui pense une chose pareille ne devrait pas subir une telle opération, vous n'êtes pas d'accord, inspecteur ?

Puis Bernadette se tut, incapable d'en dire plus.

– Bon, je m'en occupe, et je vous rappelle, madame McNalty.

Elle raccrocha, mit sa tête entre ses mains et fondit en larmes. Elle avait joué son rôle. Maintenant, c'était du ressort de la police.

L'inspecteur Alderson ne savait pas par quel bout commencer. Selon lui, cette affaire allait se dégonfler comme un ballon de baudruche mais, si jamais il y avait une once de vérité là-dedans, la presse serait très vite au courant, et la police devrait prouver qu'elle avait réagi. Il appela le manoir, où il eut confirmation qu'une opération était en cours. Mais rien de grave, juste une jeune fille à qui on greffait de la peau sur une brûlure, et quelques autres petites choses. Des nouveaux seins, peut-être. La personne qui décrocha ne savait pas trop.

La fille s'appelait Sara Carter et elle avait dix-sept ans. L'inspecteur commença à se sentir mal à l'aise. Dix-sept ans, c'était très jeune pour ce genre d'opération. Sans compter que le chirurgien n'était autre que le docteur Kaye.

« Que de folie autour d'une si jeune fille », se dit le policier. Il mit deux personnes sur l'affaire pour joindre les parents, qui devaient être au courant de ce qui se passait, ainsi que le garçon dont Bernadette avait parlé. La police locale fut mise sur l'affaire. Il décida aussi de vérifier l'autorisation d'acte chirurgical signé par Sara. Rien que par curiosité, ça valait le coup.

Un réseau se mettait enfin en place pour aider Sara. Mais si tard! À cet instant, le docteur Kaye lui prélevait le visage tandis que son assistant préparait Heat à recevoir la beauté de Sara. Malgré la folie de la jeune fille, il se produisait exactement ce qu'elle avait craint.

Mark avait été enfermé dans la camionnette vers dix heures et demie. Il était environ onze heures et quart quand il reçut un appel de la police. Par bonheur, il avait pensé à mettre son téléphone sur vibreur. D'une voix calme, il confirma les dires de

Bernadette. Oui, l'opération avait été avancée de façon précipitée. Oui, Sara prévoyait de s'enfuir. Oui, elle avait peur qu'ils lui volent son visage. Non, il n'y avait aucune preuve. Mais elle voyait des fantômes! Quel médecin digne de ce nom ferait subir une opération à une jeune fille dans un état pareil?

La camionnette entra dans une zone sans réseau, mais Mark avait dit le plus important. Les autorités réagissaient enfin. Malheureusement, pour ce qu'il en savait, c'était trop tard. Il se rassura en se disant que l'intervention devait être finie, à l'heure qu'il était. Il ignorait qu'à cet instant, ils étaient en train de prélever le visage de Sara.

Il était à peu près minuit et demi quand la camionnette quitta l'autoroute pour des routes plus petites. Mark crut comprendre qu'ils étaient en ville: ils s'arrêtaient souvent, sans doute à des feux rouges, et il entendait beaucoup de voitures. Il se dit qu'ils devaient être à Londres. Puis la camionnette prit un chemin bosselé. Il s'était trompé.

Le véhicule se gara, et des hommes en sortirent. La porte arrière s'ouvrit. On fit signe à Mark de descendre. Il n'avait aucun plan d'évasion, aucune idée du sort qu'on lui réservait. L'abandonner, le battre ou le tuer? Son penchant naturel à l'optimisme et sa méconnaissance de la violence ne lui facilitaient pas la tâche. Il était petit, pas sportif et déjà amoché. Les deux types étaient grands, costauds et très énervés. Néanmoins, pris en sandwich entre eux deux, Mark se dit qu'il devait tenter quelque chose. Il s'était fait avoir une fois quand Sara était entrée dans le bloc opératoire. Il refusait que ça se produise une deuxième fois.

Il flanqua un coup de pied dans l'entrejambe du type qui se trouvait face à lui.

À son grand étonnement, sa ruse fonctionna. L'homme s'effondra avec un grognement. Mark le regarda se tortiller à ses pieds. Mais l'autre homme, derrière lui, l'attrapa par le cou. Mark rejeta brusquement la tête en arrière et, par une chance incroyable, heurta le nez de son assaillant. L'homme glapit et lâcha Mark, qui prit ses jambes à son cou, l'homme au nez ensanglanté à ses trousses. Il l'entendait geindre au milieu d'un gargouillis de sang.

Si les deux types avaient eu l'intention d'abandonner Mark ici, désormais, une chose était sûre: sa peau ne valait plus grand-chose.

Il sut tout de suite qu'il n'avait aucune chance d'échapper à son poursuivant, plus grand, plus fort, plus musclé et plus rapide. Au bout de dix mètres, l'autre était déjà sur ses talons, et Mark sentait presque ses mains sur lui. Alors il s'arrêta d'un coup et se roula en boule par terre. Le type trébucha et s'affala. Mark se releva et partit dans la direction opposée. Derrière lui, l'homme se redressa et se lança de nouveau à sa poursuite.

La course se déroulait en silence. Peut-être qu'il avait plus de deux hommes à ses trousses mais, sur le moment, Mark n'y pensa pas. Tout ce qu'il lui fallait, c'était une cachette. Au bout de cent mètres, il était hors d'haleine, et l'homme l'avait presque rejoint. Mark ayant épuisé toutes ses astuces, il recommença : il se roula en boule. À sa grande surprise, ça fonctionna. L'homme trébucha et Mark s'échappa. Puis, toujours en silence, l'homme reprit sa course. On aurait dit une farce dans un vieux film muet.

À la périphérie de son champ de vision, Mark vit le deuxième homme se relever en boitillant, et il sut qu'il devait trouver une solution. Mais, comme il n'avait pas la moindre idée, il recommença : pour la troisième fois, il se roula en boule. Et ça marcha encore. Le type avait dû se dire que personne ne pouvait être assez bête pour recommencer. Il tomba, cette fois avec un cri. Mark était tellement essoufflé qu'il pouvait à peine avancer, mais il réussit malgré tout à repartir, plié en deux à cause d'un point de côté, un brouillard rouge devant les yeux. Il risqua un coup d'œil par-dessus son épaule. Son poursuivant se rapprochait, mais il boitait. Mark avait vraiment de la chance : visiblement, le type s'était blessé lors de sa dernière chute. Fou de rage, il cria à Mark de s'arrêter. L'homme qu'il avait frappé à l'entrejambe était lui aussi à ses trousses, ce qui donna un regain d'énergie à Mark, qui fila dans la nuit.

Au bout de quelques mètres, il atteignit un tas d'ordures. Il faisait noir et il ne voyait pas grand-chose, mais on aurait dit des sacs-poubelle. En fait, il avait été conduit à une décharge municipale. Ses poursuivants étaient sur ses talons, le tas d'ordures presque à pic, et Mark n'avait pas la force de l'escalader. Alors, il fit la seule chose possible : il fonça dedans tête la première.

Quelques secondes plus tard, ils étaient à sa hauteur, firent quelques pas sur le tas, puis s'arrêtèrent. L'un d'eux avait le pied sur une main de Mark.

– Mais putain, où il est passé ?

– Là-haut, quelque part.

– Comment il aurait pu grimper ? On l'aurait entendu !

C'était vrai. D'autant que le tas était instable. L'autre type monta un peu plus et marcha sur la tête de Mark, qui avait l'impression d'être un mort piétiné par le diable.

Les deux hommes n'étaient pas d'accord sur la marche à suivre. L'un d'eux alla chercher une torche tandis que l'autre inspectait les alentours. Mais ils avaient perdu, Mark le savait. S'ils s'éloignaient, ils ne le retrouveraient pas. Il lui suffisait d'attendre.

Après ce qui lui parut des heures, ils partirent. Mark attendit très longtemps avant de sortir de son trou. Il craignait qu'ils soient toujours en embuscade. Il sortit dans la nuit noire, téléphona à la police et laissa son numéro à l'opératrice. Puis il retourna dans son trou et perdit plus ou moins connaissance.

Pendant ce temps, l'enquête de police s'accélérait. On savait désormais que Jessica ignorait que l'opération avait lieu ce soir-là. La police avait aussi fouillé dans ses dossiers et découvert que Heat avait déjà été lié à une sombre affaire de jeune fille. Elle ne disposait que de peu d'éléments, mais ça créait un précédent. La jeune fille avait disparu deux ans plus tôt, et on était toujours sans nouvelles d'elle. Son dernier boulot et lieu de résidence connus étaient le manoir, où elle travaillait comme femme de chambre. Elle s'appelait Catherine Monroe. Pour couronner le tout, le policier envoyé au manoir pour vérifier les autorisations attendait toujours. Apparemment, les papiers étaient égarés. L'inspecteur Alderson commença à craindre qu'il y ait anguille sous roche.

À minuit, un autre front, quoique moins officiel, s'ouvrit. Cette fois déclenché par Sara. Aux douze coups de minuit, Janet honora sa promesse. Elle ne savait absolument pas que son amie se trouvait sur la table d'opération: elle n'avait pas touché à son propre portable de toute la soirée, de crainte que quelqu'un puisse tracer ses appels. Mais elle voulait jouer son rôle. Un peu nerveuse, elle composa un numéro et obtint une agence de presse. Elle en appela deux autres, puis contacta un important quotidien. La tâche devenait de plus en plus facile. Elle fut bientôt en ligne avec un journaliste de *Heat Magazine*, puis de *OK*, du *Daily Mirror*, du *Sun*, etc. Sara avait su y faire. Le mot de passe : « le visage de Sara » les fit tous bondir. Janet le sentit à leur voix. Très vite, une armée de journalistes fébriles, de cameramen et d'équipes de télé sautèrent dans leurs voitures et filèrent dans la nuit jusqu'au manoir. Ils ne savaient pas vraiment ce qui se passait mais, depuis des années, ils attendaient la chute de Heat. Sara leur avait promis le sujet de l'année. Ils étaient prêts à risquer leur vie pour ça.

En peu de temps, la grille fut éclairée par les projecteurs de télé. Des images du manoir, où une jeune femme faisait l'objet d'une opération du visage à laquelle elle n'avait pas consenti – une opération menée par le célèbre et controversé chirurgien de Heat, le docteur Wayland Kaye – faisaient déjà le tour du monde. Il y avait même une rumeur disant que Heat serait en train de lui voler son visage.

Bien sûr, à ce point, personne n'y croyait vraiment, mais c'était sans importance. Le boulot des journaux à sensation ne consistait pas à dire la vérité, juste à trouver quelqu'un qui veuille bien y croire. Une accusation, c'était une vérité suffisante. En l'occurrence, Jessica, la mère de Sara, ne savait pas que l'opération était en train de se dérouler, on avait promis à Bernadette que l'intervention n'aurait pas lieu tout de suite, et Janet, l'amie de Sara, avec qui la presse était en contact, prétendait qu'elle avait prévu de s'enfuir avant qu'ils la touchent. C'était suffisant. De toute façon, même si ça n'était pas vrai, pour faire sensation, ça l'était. Ils poursuivaient Kaye depuis des années. Rien que la supposition qu'il fasse opérer une jeune fille de dix-sept ans suffisait à faire la une des journaux.

Le mélange presse et police était explosif. L'enquête fut révélée aux journalistes. Les papiers d'autorisation, que la police avait finalement réussi à obtenir chez Heat, malgré de nombreuses tentatives d'esquive, mentionnaient une date inexacte, et la nature de l'opération que subissait Sara était pour le moins imprécise. Dès lors, l'enquête n'était plus du ressort de l'inspecteur Alderson. Le directeur de la police du Cheshire prit le relais. À une heure du matin, la police exigea de pénétrer dans le bloc opératoire pour contrôler que tout s'y passait selon les dires du personnel de Heat. Cette permission lui fut refusée. On annonça qu'il y avait des complications, que Sara avait mal réagi à l'anesthésique, et que le docteur Kaye luttait pour sa vie. À trois heures du matin, l'opération se poursuivait toujours, et la police décida d'obtenir un mandat pour pénétrer coûte que coûte dans la salle.

Tout allait maintenant très vite. Dans le feu de l'action, et à la grande hystérie de la presse, on découvrit que Heat avait fait signer à Sara une autorisation de don d'organe. Le cœur, le foie, et pourquoi pas le visage? Personne n'y croyait encore vraiment, mais la police n'avait obtenu aucun motif satisfaisant pour se voir interdire l'accès au bloc opératoire par des médecins indépendants. À sept heures, un policier accompagné de quatre éminents chirurgiens se présenta au manoir. Ils avaient un mandat de perquisition et même le pouvoir d'interrompre l'opération si nécessaire. Sara et son visage étaient désormais entre les mains de la justice. Elle était sous anesthésie depuis près de huit heures.

Le policier frappa à la porte du manoir. Les flashs se mirent à crépiter comme un feu d'artifice. La porte s'ouvrit. La maisonnée était au courant, mais semblait tout faire pour ralentir la progression de la police. On demanda au policier d'attendre. Il refusa. S'ensuivit une altercation. Le policier se rangea sur le côté, fit un geste de la main, et dix hommes forcèrent le passage.

Au sous-sol, où Heat avait fait bâtir le bloc opératoire, la dernière partie de l'intervention se poursuivait comme prévu. Apparemment, Kaye et Woods pensaient que plus ils iraient loin, plus il serait difficile de les arrêter. Une demi-heure plus tôt, on avait fini de prélever le visage de Sara, qui reposait désormais sur la tête ensanglantée de Heat. Kaye n'avait pas encore eu le temps de relier le moindre nerf, il avait juste agrafé la peau sur le nez. Pendant ce temps, Sara gisait, inconsciente, inerte et sans visage, sous un drap, une bande de gaze stérile posée sur sa blessure béante. Les restes du visage de Heat avaient déjà été emportés et incinérés.

La police entra au moment où le chirurgien mettait les dernières agrafes sur le nez. Il n'était pas question de crier au beau milieu d'une opération si délicate, mais Tom Woods siffla à l'oreille du policier de partir. Kaye semblait presque soulagé. Il posa son scalpel et se laissa entraîner sans un mot après avoir retiré ses gants en caoutchouc. Ses assistants commençaient à stabiliser le visage des deux patients. Il faudrait un moment avant que Sara soit transportable. Déjà, des plaintes avaient été déposées contre le mandat de perquisition. Tout pouvait encore changer.

Et changé, tout le fut en moins d'une heure, tandis que les chirurgiens préparaient les deux patients à subir une nouvelle opération. Une heure plus tard, le mandat de perquisition fut confirmé et, trois heures après que la police eut pénétré dans la maison, Sara et Heat furent emmenés au milieu d'une foule de journalistes qui hurlaient et se bousculaient. Ils étaient tous deux inconscients, et tous deux découvriraient un jour cette scène sur des photos ou des films : le cordon de policiers, les ambulances devant le perron, les gyrophares, les deux brancards des patients – ou des victimes ? – emportés dans deux véhicules différents. L'instant le plus marquant fut lorsqu'un chien policier sans doute mal entraîné, effrayé par la foule, ou attiré par l'odeur du sang, arracha le drap qui recouvrait l'un des corps. Les caméras filmèrent. C'est ainsi que nous connaissons la photo si célèbre de Sara avec un visage inerte comme la mort. À ce détail près que ce visage n'était pas sur le corps de Sara, mais sur celui de Heat.

La vraie question, c'était : à qui appartenait le visage de Sara ?

Épilogue : Lucy Smith

Les routes du Berkshire sont très agréables. Elles traversent des pâturages vallonnés entourés de haies. C'est la région où j'ai grandi. Pour un endroit si peuplé, il y a beaucoup de forêts. J'habite dans le Nord, là où les gens pensent que les champs du Sud sont trop carrés, trop bien délimités. Ils adorent la lande et la rocaille, les falaises et les ciels étoilés. Moi aussi mais, ce qui me touche le plus, ce sont les vallées vertes et les bois de hêtres, comme seul nous touche le lieu de notre enfance.

Le Berkshire a des aspects rudes, pourtant de nombreux gens riches y vivent. Des acteurs, des rock stars et autres célébrités y ont acheté des fermes non loin de grandes propriétés. La terre y est fertile, la région prospère depuis des siècles. La Tamise coule le long des prés, il y a des maisons sur pilotis, de longs jardins avec un ponton, de jolis villages et de petites villes. Dans les collines, on aperçoit des élevages de chevaux.

Car le Berkshire attire aussi beaucoup d'amateurs de chevaux : il abrite de nombreux haras et écuries de courses. C'était pour rendre visite à l'un de ces propriétaires que je m'y rendais ce jour-là. La personne s'appelle Lucy Smith.

Vous n'avez jamais entendu parler d'elle. Tout du moins, pas encore.

Je vous dois quelques explications.

Les événements que je vais décrire remontent à avril 2006, plus d'un mois après la fin de l'écriture de ce livre. Ou plus précisément, après ce que j'avais pensé être la fin de l'écriture de ce livre. La maison d'édition qui m'avait passé cette commande me demanda alors d'aller rencontrer une certaine Lucy qui, m'avait-on dit, possédait des informations sur l'affaire, des informations qui l'éclaireraient sous un tout nouveau jour.

J'étais intrigué. Et embêté, aussi. J'avais fini mon livre et commencé un autre ouvrage. Je n'aime pas revenir sur ce que j'ai déjà écrit, et j'ignorais quelle somme de travail m'attendait. Et si jamais je devais tout récrire ?

Mais j'étais quand même intrigué. J'en savais plus que la plupart des gens sur Sara et son étrange histoire, et pourtant je n'avais jamais entendu parler de cette personne. Que savait-elle ? Qui était Lucy Smith, quels étaient ses liens avec Sara ?

Je ne pouvais refuser cette proposition. Lucy devait le savoir.

J'étais un peu en avance. Elle était encore en promenade à cheval, m'annonça le responsable des écuries. J'attendis dans le jardin et observai ce qui se passait autour de moi. C'était un endroit très animé. Nous étions à la campagne et, pourtant, il y avait là quelque chose de très urbain. Peut-être parce que les chevaux ont été un jour un moyen de transport, qu'ils étaient si nombreux dans les villes autrefois, autant qu'il y a désormais de voitures. Peut-être est-ce dû à la tenue très stricte que portent les cavaliers, qui a quelque chose d'un peu militaire.

Les chevaux étaient magnifiques : certains noisette, d'autres noirs, la plupart de plusieurs couleurs, des couleurs douces. Un palefrenier nettoyait une jument feu avec des gestes incompréhensibles : les soigneurs semblent toujours occupés à des tâches mystérieuses. Les sabots d'un autre cheval résonnèrent sur le béton d'une petite allée qui menait à une piste d'entraînement. Dans un champ, on apercevait plusieurs juments avec leur poulain, et deux immenses chevaux de trait qui grignotaient du foin accroché à une branche à deux mètres de haut. Cette Lucy semblait s'intéresser à toutes sortes de chevaux.

S'occuper d'animaux semble être une agréable façon de gagner sa vie, même si cet endroit ne me semblait pas destiné à rapporter de l'argent. Les oiseaux chantaient, on entendait un tracteur dans le lointain. J'avais du mal à croire que c'était là que se terminait l'histoire que j'avais écrite ces derniers mois.

Une cavalière surgit sur la piste, un chemin crayeux bordé par des haies d'aubépine. Elle se tenait très droite, et portait la tenue classique du cavalier. Je trouvai ça déplacé. Après tout, si cette fille montait pour le plaisir, elle n'avait pas besoin de s'habiller comme ça.

Je lui fis un petit signe, juste pour qu'elle sache qui j'étais – comme si elle pouvait l'ignorer – mais elle passa près de moi sans même me jeter un regard. L'un des palefreniers vint chercher son cheval et le tint par la bride tandis qu'elle mettait pied à terre. Pourtant, cette excellente cavalière ne semblait pas en avoir besoin. Elle fit une caresse sur l'encolure du cheval puis l'entoura tout à coup de ses bras. Le palefrenier attendit qu'elle ait fini, puis il emmena le cheval. Lucy les regarda s'éloigner, déçue, je pense, d'avoir maintenant une tâche désagréable à accomplir. Elle posa les mains sur ses hanches dans un geste de défi et, alors que son cheval baissait la tête pour boire devant l'écurie, elle se tourna enfin vers moi.

Je lui fis un nouveau signe de tête. Elle marqua une pause. Peut-être pour soupirer. Elle acquiesça en guise de bonjour et vint à ma rencontre.

Elle me tendit la main. Ses joues pâles et maquillées sentaient l'amande salée et le musc. Je remarquai alors la brûlure triangulaire qu'un fer à repasser avait laissée là un an auparavant.

– J'imagine que vous n'avez pas très envie de me voir, dis-je.

Elle regarda sur le côté, comme si elle réfléchissait. Elle ne me répondit pas.

– Nous pouvons aller discuter là-bas, dit-elle en désignant des tables et des bancs sous les hêtres derrière l'écurie.

Alors que nous croisions l'un de ses employés, elle lui demanda qu'il nous apporte à boire.

– C'est un endroit magnifique, lui dis-je comme je m'asseyais.

Lucy fronça les sourcils et, de façon assez troublante, répondit alors à la question que je lui avais posée précédemment :

– Je dois en avoir envie, sinon je ne le ferais pas, vous ne croyez pas ?

– Mais pourquoi êtes-vous obligée de me recevoir ? Cela n'a pas l'air de vous faire plaisir, dis-je avec un petit rire, alors que je n'avais rien dit de drôle.

Mon rire était sans doute destiné à adoucir ma remarque.

Lucy haussa les épaules.

– Sans doute que je veux qu'on raconte mon histoire. Comme tout le monde, non ? Je veux que les gens sachent ce qui s'est passé, et comment.

– Très bien, dans ce cas, allez-y.

Elle rejeta la tête en arrière. Sous son menton, je découvris la cicatrice laissée par l'opération. Bien entendu, je passais mon temps à regarder cette figure à la recherche de tous les indices possibles. On n'aurait jamais pu imaginer que ce visage avait été prélevé puis regreffé. Pourtant, il avait perdu en mobilité. Sara ne disposait plus de toutes ses facultés. Sa lèvre inférieure semblait immobile. Étrangement, Sara portait désormais une sorte de masque vivant.

Mais peut-être gardait-elle juste ses sentiments pour elle.

– Le problème, c'est que je ne sais pas, reconnut-elle. Je n'ai presque aucun souvenir de ce qui s'est passé. Comme si c'était arrivé à quelqu'un d'autre. En réalité, c'est vraiment arrivé à quelqu'un d'autre. Mais il me reste les sensations. (Son visage figé s'étira en une sorte de sourire.) Vous allez devoir vous contenter de ça.

Je lui rendis son sourire. Nos boissons arrivèrent. Je bus mon thé et la regardai m'observer par-dessus son verre.

– Bon. Savez-vous ce que vous avez envie de dire ?

– Un peu. À vous de commencer. Posez-moi une question. C'est votre boulot, non ?

– Normalement, j'écris des romans. C'est un travail tout nouveau pour moi. Déjà, pour commencer, pourquoi avez-vous demandé à me rencontrer ? Vous auriez pu faire venir n'importe qui d'autre.

Lucy sourit.

– J'aime vos livres. Je les relis souvent, vous savez. La dernière semaine, chez Jonathon, je lisais *Lady, ma vie de chienne*. Vos histoires sont inventées, mais tout y paraît toujours vrai. Elles semblent naturelles.

Je me sentis flatté, mais je ne savais pas pour autant comment procéder. Je n'avais jamais fait d'interview de ce genre. C'est un boulot de journaliste, non ? Cette histoire était pleine de gens bizarres et de choses bizarres, dont Lucy n'était pas des moindres.

Je commençai par une question facile : pourquoi était-elle aussi bien habillée pour faire du cheval ? Était-ce en raison d'un événement spécial ?

Lucy rit.

– Depuis toujours, les vêtements sont destinés à donner une impression. J'aime cette tenue, dit-elle en tendant les bras et en tirant sur les manches de sa veste noire. J'ai toujours adoré ça.

Puis elle retira sa bombe, sa veste, et mit son menton entre ses coudes.

– Allez-y. Je suis sûre que vous pouvez faire mieux que ça.

– Sans doute, mais je suis un peu nerveux, reconnus-je. Bon, d'accord. Votre nom. Vous avez changé de nom. Quel était le problème avec Sara ?

Elle rejeta la tête en arrière et éclata de rire.

– Qu'est-ce qui n'était pas le problème avec Sara ? Elle envahissait tout. Il me fallait une nouvelle vie. Un nouveau nom. Un nouveau moi.

Elle sourit et écarta les mains, comme si elle allait réaliser un tour de magie.

– Mais tout ça, est-ce vraiment nouveau ? N'êtes-vous pas restée la même ?

Elle remit son menton entre ses mains, m'observa et secoua doucement la tête.

– Une chose que vous devez comprendre, que je dois vous dire avant qu'on aille plus loin. Je ne suis pas Sara. Sara est morte. Elle ne s'est jamais réveillée de l'anesthésie. (Lucy me regarda pour voir comment j'allais réagir à cette phrase.) Nous partageons le même... (elle fit un geste en direction de son corps). C'est moi, mais je ne suis pas comme ça. Pas comme elle. Quand je me suis réveillée, je n'étais plus la même. Longtemps, j'ai cru que j'allais redevenir comme avant, mais pas du tout. Sara est partie. Elle est vraiment morte.

En était-elle désolée ?

– Sans doute, oui. C'était une sacrée personnalité, cette Sara, non ? Elle n'était pas particulièrement gentille ni méchante, même si elle avait des côtés très spéciaux. Elle était extraordinaire... (Elle sourit fièrement, de la façon dont Janet souriait quand elle parlait de Sara.) Si elle avait continué à vivre, peut-être qu'elle serait devenue quelqu'un de bien. Quelqu'un de réel. Mais je suis plus heureuse comme ça. (Elle opina pour appuyer ses propos.) Au moins, je sais qui je suis.

– Vous dites qu'à votre réveil, vous pensiez redevenir vous-même. Cela implique que, depuis le début, vous saviez qui vous étiez. (Je marquai un silence. Je ne savais pas trop comment poser ma question.) En fait, j'ai parlé à beaucoup de gens, et vous leur racontiez à chacun une histoire différente. Vous disiez quelque chose à Heat et à Kaye, quelque chose d'autre à Mark, et donniez encore une autre version à Janet. J'ai parfois l'impression que vous inventiez tout et, parfois, que c'était toujours vous, mais sous différents aspects. Alors, où est le vrai ? Sara savait-elle ce qui était réel et ce qui ne l'était pas ?

– En effet, dit-elle en riant. Le truc, avec Sara, c'est que... je ne pense pas qu'elle croyait vraiment à la réalité. Pour elle, ce n'étaient que des histoires. Je ne pense pas qu'il lui soit venu à l'esprit l'idée que quelque chose soit réel ou pas. À quel point ils la croyaient, à quel point elle les faisait marcher... Elle adorait ça. Mais c'était tout. Je ne pense pas qu'une chose était pour elle plus réelle qu'une autre.

– Même qu'on vous prenne votre visage?

– Même ça.

– Et le fantôme, la créature? Elle était réelle?

– Elle était réelle, non? Mark l'a entendue aussi, non?

– Plus ou moins. Vous savez ce qu'il a dit? « Parfois, je crois que les hurlements dans la tête de Sara étaient si forts que, moi aussi, je les entendais. »

Elle rit d'un air ravi.

– Il a dit ça? Il disait toujours des choses merveilleuses. Peut-être qu'il avait raison. Et le sang sur ma manche? Vous l'avez questionné à ce sujet?

– Il l'a vu. Mais il se demande si ce n'était pas vous qui l'aviez mis là.

– Peut-être que oui. Je ne m'en souviens pas...

Elle sourit. J'avais le sentiment que ça lui plaisait de ne pas tout se rappeler.

– Vraiment? insistai-je.

– Pourquoi faudrait-il que vous me croyiez? Mais oui, vraiment.

– Alors, comme ça, le fantôme était réel...

– Il était réel. La question, c'est qui était-il?

– Ça allait être ma question suivante...

Nous échangeâmes un sourire. C'était maintenant elle qui menait sa propre interview.

– Alors : vous ou Katie ? Qui était-ce ?

Sara resta un instant silencieuse.

– J'ai une opinion à ce sujet. Mais juste une opinion.

– Allez-y.

– Katie.

– Heat a été disculpé de toutes les charges au sujet de Katie, mais pas en ce qui vous concerne, bien sûr.

– Il n'empêche qu'on ne l'a jamais retrouvée, n'est-ce pas ? Elle a disparu. Pas de charges, cela ne signifie pas qu'il ne s'est jamais rien passé. Écoutez, je vais vous dire quelque chose, fit-elle en se penchant vers moi. Le dernier jour au manoir, j'avais rendez-vous avec le docteur Kaye, vous le savez ?

– Oui, vous en êtes ressortie en larmes.

– En effet. Je n'ai jamais dit pourquoi à personne. Quand je me trouvais dans son bureau, il a dû sortir pour qu'on lui remette un message ou quelque chose dans le genre. En son absence, j'ai ouvert un dossier sur son bureau, et vous savez ce que j'y ai découvert ?

Je haussai les épaules. Je n'en avais pas la moindre idée.

– Des photos de filles, quatre ou cinq. J'en faisais partie. Ainsi que Katie.

– Je vois.

Je ne savais pas quoi dire d'autre. J'étais sous le choc. Les conséquences de cette déclaration étaient terrifiantes.

– Cela n'a jamais été dit au cours du procès, n'est-ce pas ?

Elle fit un geste impatient.

– Les avocats ne m'ont pas permis de témoigner, comme vous le savez. Les preuves que je pouvais apporter n'ont pas été prises en compte tellement ma mémoire était troublée. Mais voici ce qui s'est passé. Je pense que Heat et Kaye ont volé le visage de plusieurs personnes. J'imagine que c'était ça, le secret du succès du docteur Kaye. Il offrait à chaque fois un nouveau visage à Heat, jusqu'à ce que les nerfs et les vaisseaux lâchent. Ce masque qu'il portait : je pense qu'il était fait avec la peau de Katie.

Elle se laissa aller. Elle semblait épuisée. J'étais horrifié.

– Vous croyez vraiment tout cela ? demandai-je.

L'expression de Lucy, dure et déterminée un instant plus tôt, se fit tout à coup incertaine.

– La vérité, c'est que je ne sais pas vraiment, fit-elle tout bas.

Elle avait l'air triste.

– Très bien.

Je cherchai une autre question dans mes notes. Lucy m'observait avec un sourire contrit.

– Cette Sara ! s'exclama-t-elle. On ne pouvait pas croire un seul mot de ce qu'elle disait.

– Parlez-moi de Mark, demandai-je.

– Oh, j'aimais vraiment ce garçon, dit-elle en chassant un regard attristé. Je l'aimais sincèrement. Quand je me suis réveillée et que tout avait changé... que j'avais changé... j'en ai eu le cœur brisé. L'amour, ce n'est jamais qu'une histoire, non ? Et je savais que celle-ci était terminée.

À nouveau, elle eut un petit haussement d'épaules, comme pour dire : à quoi bon ?

– Pourquoi ne l'avez-vous jamais revu ? Lui aussi, il a eu le cœur brisé, vous savez.

– Je sais. (Elle secoua la tête, comme si elle n'arrivait pas à croire à ce qu'elle vivait.) Mais si j'étais revenue vers lui, et si tout avait recommencé ? À mesure que l'opération approchait, j'avais de plus en plus peur. Pauvre Mark, il a fait tout ce qu'il a pu pour la sauver.

– Ils ont tous fait ce qu'ils ont pu.

– Oui. Je sais, je sais. (Elle secoua à nouveau la tête.) Mais je ne peux pas revenir en arrière. Je ne peux pas les revoir, aucun d'eux. Jamais. Maintenant, je suis moi-même. Peut-être qu'elle n'est pas vraiment morte. Peut-être qu'elle est juste endormie. Et dans ce cas ? Elle était tellement effrayante. Si je revois Mark, peut-être qu'elle va se réveiller. J'admirais Sara, elle était merveilleuse, sa tête bouillonnait d'idées. Elle était talentueuse, moi, je suis juste normale. Mais elle était terrifiante, aussi. Je préfère la laisser tranquille. J'en suis désolée. Je pense beaucoup à eux : à Janet, à Bernie. Elle était géniale, non ? Même ma mère. Mais je ne veux pas leur parler. Le plus souvent, j'essaie de ne pas y penser.

Je portai ma main à ma poitrine. J'avais dans ma poche une lettre de Mark pour elle. Parmi les conditions que j'avais dû signer pour la rencontrer, il y avait le fait que je ne révélerais à personne où elle se trouvait. Mais quand j'étais allé voir Mark, il m'avait tendu cette lettre. « Juste au cas où », avait-il dit.

C'était important pour lui. Pourtant, je la gardai dans ma poche. « Pas encore, pensai-je, pas encore... »

– Vous dites qu'elle l'aimait, et vous dites que Sara est morte. Mais vous éprouvez encore des sentiments pour lui.

Lucy – Sara, car j'étais certain qu'elle était toujours Sara – me dévisagea.

– Ce n'est pas comme ça que je vois les choses, dit-elle d'une voix mal assurée. Vous savez, ce ne sont que des histoires, ce qu'on fait, ce dont on se souvient... Sara avait raison. Mais vous devez penser que c'est réel. Oui, j'ai des sentiments pour lui, mais je veux la laisser en paix, vous comprenez ?

Elle regarda fixement la table et les bancs, ses mains, comme si tout ça allait se volatiliser si elle les quittait un instant des yeux.

– Elle appartient au passé, dit-elle. C'est comme ça que je la vois.

Je hochai la tête. Le moment était venu de changer de sujet.

– Bon... Janet m'a dit que Sara pouvait inventer des personnages. Quand elle évoque ça, on dirait qu'elle parle d'une magicienne. Lucy est-elle une créature fabriquée par Sara ?

Elle me dévisagea.

– Je ne me souviens pas d'avoir été là en même temps qu'elle. Peut-être que je suis sa créature. Mais, dans ce cas, elle s'est oubliée elle-même...

À mesure que l'interview se poursuivait, elle parlait de moins en moins souvent de Sara en disant « elle », et de plus en plus en disant « je ».

– Pouvons-nous discuter de Jonathon Heat ?

– Allez-y.

– Si mes questions vous gênent, vous pouvez toujours refuser d'y répondre.

– Non, allez-y.

– Que pensez-vous de lui ? Était-il un monstre ou une victime ? Personne n'a l'air de savoir.

Sara regarda la tête des chevaux dans l'écurie. Deux d'entre eux se tournèrent vers elle. Elle réfléchit un moment. Et soupira.

– Les deux, je crois. Comme moi. Il s'est infligé tellement de choses.

– Vous sentez-vous désolée pour lui ?

– Non.

– Au procès, il a dit qu'il ignorait totalement ce que faisait Kaye. Croyez-vous qu'il ait dit la vérité ?

– Non. Il savait, il savait depuis le début.

Elle se tut, comme si elle voulait ajouter quelque chose, puis haussa légérement les épaules.

– Est-ce que vous le haïssez ?

– Le haïr ? Non. Je ne le hais pas, pas plus que Kaye. Il ne faut pas imaginer des choses pareilles.

– Mais vous avez tout de même perdu votre visage.

– Je l'ai récupéré, dit-elle en me regardant.

– Vraiment ? Pas en totalité.

Je sentais bien que j'étais un peu brusque, mais elle ne broncha pas.

– C'est vrai, j'ai perdu en mobilité. Mais j'aurais pu perdre davantage. Et, d'une certaine manière, c'est moi qui me suis infligé ça.

Elle se tut.

– Continuez. Que voulez-vous dire par là ?

J'attendis sa réponse. Elle semblait réfléchir. En fait, peut-être que c'était là la vraie question, la grande question, celle que je n'avais pas encore posée. Pourquoi. Pourquoi était-elle entrée dans ce bloc opératoire alors que tout était prêt pour son évasion, alors que même Heat et Kaye lui offraient la chance de s'échapper. Pourquoi ?

Elle me fit un petit sourire un peu figé et me raconta cette histoire...

Le dernier jour, en fin d'après-midi, Heat était venu la voir dans sa chambre et, pour la première et la dernière fois, elle avait fait l'amour avec lui. Elle l'avait enfin autorisé à s'allonger sur son lit à baldaquin, et elle avait tiré les rideaux.

– C'était la dernière fois que je le voyais, dit-elle. Et, même si ça n'avait rien à voir avec mes sentiments pour Mark, je l'aimais, d'une certaine manière.

Ensuite, ils étaient restés blottis dans les draps froissés, et ils avaient eu cette conversation. Il était dos contre elle, elle lui caressait l'épaule. Elle garda un moment les mots sur le bout de la langue, comme si elle hésitait à les prononcer, parce que ça leur donnerait une réalité.

– Jonathon. Tu veux me faire une promesse ?

– Tout ce que tu veux, dit-il en plaçant sa main sur la sienne.

– Promets-moi que, quoi qu'il se passe, personne ne me laissera mourir.

Il y eut un silence. Puis il se tourna vers elle. Il ne lui répondit pas, il se contenta de la regarder dans les yeux.

– Quelle drôle de promesse, fit-il.

– Tu me le promets ?

– Bien sûr, que je te le promets, dit Heat. Même si c'est une promesse inutile...

Et là, il se tut.

– Est-ce que je suis jolie ? demanda Sara.

– Arrête !

Puis elle lui demanda, avec ces mots exacts :

– Est-ce que tu voudrais mon visage ?

Heat en eut le souffle coupé. Sara disait l'indicible. Puis il y eut un long silence au cours duquel, Sara le comprit, « il savait que je savais, et je savais qu'il savait... ».

Heat détourna les yeux un moment. Puis il dit :

– Je donnerais n'importe quoi pour avoir ton visage, Sara, tu le sais.

– N'importe quoi ? Et c'est combien, n'importe quoi ?

– La moitié de mon royaume ? proposa-t-il, et elle pense qu'il souriait sous son masque.

– Seulement la moitié ?

– Tout, alors.

Sara détourna les yeux et soupira.

– Tu sais, si je te donnais mon visage, ça ne serait pas pour de l'argent, ça serait par amour.

– Tu m'aimes ? s'exclama-t-il. Tu en es sûre ?

– Pas toi ! J'aime ton nom, ta gloire. J'aime ce que tu as fait.

– Dans ce cas, tu m'aimes, dit Heat. (Nouveau

silence.) Si tu me donnais ton visage, tu aurais besoin d'argent.

– Sans doute.

Il lui caressa la joue.

– Et qu'est-ce qui m'arriverait? demanda Sara.

– Tu serais comme ça, dit Heat en soulevant son masque.

Son visage était encore plus décomposé que la première fois que Sara l'avait vu, trois mois plus tôt. Il ne restait que de l'os, du sang et pas grand-chose d'autre. Jonathon attendit qu'elle ait contemplé le désastre, puis il remit son masque.

– Tout du moins, jusqu'à ce qu'on t'ait trouvé un donneur. Cela pourrait être long. Toi et moi, ça colle, nos cellules collent. C'est rare. Mais on finirait par te trouver quelqu'un.

– Et puis? demandai-je.

Lucy sourit.

– J'ai dit que j'allais y réfléchir.

J'étais incrédule.

– Vous étiez prête à lui donner votre visage! C'est insensé!

– Je pense qu'au début, j'essayais de le piéger. C'est pour ça que j'ai couché avec lui.

– Mon Dieu. Mais ensuite, aviez-vous vraiment l'intention d'aller si loin?

– Je ne crois pas.

– Alors, dans ce cas, pourquoi ? Pourquoi êtes-vous entrée dans le bloc opératoire, alors que vous saviez ce qui allait s'y passer ?

Elle porta la main à son visage, où l'on distinguait toujours un triangle rouge. Et même, sous le maquillage, les petits trous provoqués par la vapeur.

– Je me suis souvent fait du mal, vous le saviez ?

Elle remonta ses manches. Il y avait des petits traits blancs à l'intérieur de ses bras.

– Là aussi. Même si j'ai fait ça de telle manière que ça ne se voie pas. (Elle sourit.) Quelle manipulatrice !

– Êtes-vous en train de dire qu'en entrant dans ce bloc opératoire, vous vouliez vous infliger ça ?

– Elle y est entrée... pour toutes sortes de raisons. Déjà, je n'ai jamais eu l'impression que c'était moi. Ça (elle se toucha le visage), j'ai toujours eu l'impression d'être à l'intérieur de ce visage et de regarder par le trou des yeux. Je me regardais dans un miroir, et je me disais : « Ce n'est pas moi. » D'une certaine manière, vous savez, le docteur Kaye avait raison. J'avais presque l'impression que, si on me prenait mon visage, je pourrais enfin me révéler. Le vrai moi, celle que je voulais être. Celle que je suis aujourd'hui, par exemple. Au moins, je suis réelle.

Elle me regarda pour la première fois droit dans

les yeux et me fit un sourire que, malgré la raideur de son visage, je trouvai éblouissant.

J'étais sur le point de lui poser une autre question, mais elle reprit :

– Et Sara a réalisé son but : elle est célèbre, désormais, non ? Elle a donné son visage, et elle l'a récupéré. Il y a eu tant de photos d'elle. Elle aurait pu faire n'importe quelle carrière. (Elle rit à ces mots.) Elle peut toujours faire carrière quand elle le veut. Mais surtout, elle a fait bouger les choses, non ? Elle a brouillé la frontière entre la notion de don et de vol. Elle a fait réfléchir les gens à ce que ça signifie d'être célèbre. À l'apparence. Elle a réalisé son rêve. Elle est devenue un événement, une œuvre d'art. Mais c'est vrai, elle aimait se faire du mal. Peut-être même qu'elle voulait mourir. Elle est morte. Elle devait mourir. Elle était trop de choses à la fois.

– Alors... vous n'aviez pas prévu de partir avec Mark, dans ce cas ?

– Oh si, bien sûr. Absolument. Elle... elle avait plusieurs projets. Jusqu'au dernier moment, elle ne savait pas lequel était réel. Sara était une personne qui pouvait croire à plus d'une chose à la fois.

– Je vois.

Je cherchai d'autres questions dans mes notes. Mais elle m'avait laissé sans voix.

– Le bloc opératoire..., lançai-je.

– C'est vrai. Le plus drôle c'est que, depuis le début, je connaissais cette salle. Ils m'y avaient emmenée plusieurs fois. J'y étais encore le jour même. Mais lorsque j'étais avec Mark, je ne savais rien de tout ça. J'ai été vraiment surprise quand Kaye a ouvert la porte. Pas surprise, horrifiée. Terrifiée, même. Je me suis dit : « Je connais cet endroit. » Et quand tout s'est mis en place dans ma tête, j'ai pensé que j'étais vraiment folle. J'étais donc capable de savoir et de ne pas savoir une chose. C'est incroyable, non ? Voir des fantômes, chercher ce qu'il y a derrière une porte que je connaissais. C'est à cet instant que j'ai décidé d'y aller.

– Aussi tard que ça ?

– Oui. Aussi tard. Jusque-là, tout pouvait encore être réel. Tout ce que je leur disais, tous les plans que je faisais, ce n'étaient que des sondages du réel. J'essayais de découvrir où était la véritable version. Et là, je me suis dit que depuis le début, Kaye avait raison, et j'y suis allée.

Elle regarda sa montre. Je souris.

– Vous savez, vous ne pouvez pas me raconter toute votre histoire en une demi-heure, protestai-je.

– Je ne pourrais pas la raconter en mille ans. Vous la connaissez, vous, mon histoire ? Pas moi.

Je baissai la tête.

– Peut-être qu'après tout, Sara n'est pas morte, avançai-je.

– Peut-être, dit-elle sans ciller. Je ne peux pas le savoir.

Je la regardai.

– Êtes-vous en train de me dire que ça suffit comme ça ?

Elle sourit.

– J'ai prévenu que je répondrais juste à quelques questions.

– D'accord. Alors quelques questions style tabloïd. J'ai bien peur d'être aussi curieux que le grand public.

– Allez-y.

– Petit ami ?

– Personnel.

– Pourquoi avez-vous couché avec Heat ?

Elle fit un grand sourire.

– Il faisait tant pour moi, cela me semblait la moindre des choses.

Et elle rit, amusée par ses propres excentricités. Je souris à mon tour.

– Rien à ajouter sur ce sujet ?

Elle fit signe que non.

– Je crois que nous avons presque fini, dis-je.

Elle se laissa aller sur son banc.

– Une ultime question. Par curiosité. Le dernier jour, avant que Heat vienne vous voir, vous êtes restée seule plusieurs heures. C'était presque l'unique fois que vous vous trouviez seule dans cette maison. Qu'est-ce que vous avez fait ?

– Vous voulez vraiment que je vous le dise ? Moi aussi, je me pose la question. Je ne sais pas. J'ai souvent tenté de me souvenir, mais... (Elle se tapa sur la tête.) Elle refuse de me le dire.

Je devais avoir l'air éberlué, parce qu'elle se mit à rire.

– Vous êtes romancier, vous avez l'habitude que les mystères se résolvent, que l'intrigue se dénoue et que la fin soit explicite. Mais cette fois, c'est la vraie vie. Les mystères demeurent, la fin est sans fin, et on peut croire qu'il suffit d'y penser assez fort, ou de poser la bonne question... Et bingo ! Tout devient réel.

Elle me lança un regard triomphant en frappant dans ses mains, comme si un continent surgissait sur la table devant moi, ou si tout ça, la table, les verres, les chevaux, nous-mêmes, les champs et les bois du Berkshire, allaient se réduire à une traînée de poussière.

– Terminé ? demanda-t-elle.

Je réfléchis. Elle m'avait dit que rien n'était réel, que tout était réel, qu'elle avait à la fois été guérie et assassinée. C'était sans doute assez.

– Terminé, dis-je avec une grimace. Maintenant, j'imagine que je dois tout récrire.

– Oh non, ne faites pas ça. J'aime votre texte, je ne veux pas que vous en changiez un mot. Mettez-moi juste comme… épilogue. C'est ce que je suis. Un épilogue à la vie de Sara.

J'acquiesçai. Pourquoi pas ? Après tout, c'était son histoire.

Elle fit un grand sourire et écarta les bras.

– Vous montez à cheval ? Vous aimeriez venir galoper dans les champs ?

– Je ne suis jamais monté à cheval.

– Quel dommage, c'est ce qu'il y a de meilleur. Les chevaux, j'adore ça ! Vous ne trouvez pas tout ça merveilleux ?

Elle tendit les bras en direction des haies, des animaux, de la forêt. Pas de doute, c'était merveilleux. Elle me sourit. Je lui rendis son sourire.

Table

Introduction 5
Sara, 2 avril 2005 8
Hallucinations 18
Courte biographie de Jonathon Heat 30
Sara, 7 avril 2005 47
Le manoir 59
Sara, 5 mai 2005 69
Bernadette 79
Mark 95
Sara, 23 mai 2005 111
La fête 115
Jonathon Heat 132
Chassé de la maison 137
Sara, 8 juin 2005 153
Qui est cette fille ? 156
Fous d'amour 172
Sara, 23 juin 2005 179

La porte verrouillée 182
Sara, 30 juin 2005 191
Le retour de Bernadette 194
L'entretien avec le docteur Kaye 219
Le dernier jour 242
Le visage de Sara 263
Épilogue : Lucy Smith 277

Loi n° 49-956 du 16 juillet 1949
sur les publications destinées à la jeunesse
Maquette couverture: Anne Catherine Boudet
PAO. : Françoise Pham
Imprimé en Italie par L.E.G.O. Spa-Lavi (TN)
Dépôt légal : juin 2008
N° d'édition : 145917
ISBN : 978-2-07-057904-4